迦陵书系

# 葉嘉瑩
# 说中晚唐诗

[加]叶嘉莹 著

中華書局

**图书在版编目(CIP)数据**

叶嘉莹说中晚唐诗/(加)叶嘉莹著. —北京:中华书局,2024. 10. —(迦陵书系:典藏版). —ISBN 978-7-101-16697-2

Ⅰ. I207.227.42

中国国家版本馆 CIP 数据核字第 2024YS7015 号

---

**书　　名**　叶嘉莹说中晚唐诗
**著　　者**　[加]叶嘉莹
**丛 书 名**　迦陵书系(典藏版)
**责任编辑**　傅　可
**装帧设计**　刘　丽
**责任印制**　陈丽娜
**出版发行**　中华书局
(北京市丰台区太平桥西里 38 号　100073)
http://www.zhbc.com.cn
E-mail:zhbc@zhbc.com.cn
**印　　刷**　北京盛通印刷股份有限公司
**版　　次**　2024 年 10 月第 1 版
2024 年 10 月第 1 次印刷
**规　　格**　开本/880×1230 毫米　1/32
印张 7¼　插页 2　字数 140 千字
**印　　数**　1-6000 册
**国际书号**　ISBN 978-7-101-16697-2
**定　　价**　42.00 元

# 出版说明

2006年，叶嘉莹先生写毕“迦陵说诗”系列丛书的序言，连同书稿交给中华书局，开启了与书局的合作，至今已历一十八载。在这十数年间，书局先后出版了《叶嘉莹说汉魏六朝诗》《叶嘉莹说阮籍咏怀诗》《叶嘉莹说唐诗》《叶嘉莹说诗讲稿》《迦陵诗词稿》《迦陵讲赋》等十余部作品。这些作品不仅涵盖了先生的学术专著、教学讲义和她个人的诗词作品，也有先生专门为青少年所写的普及读物，是先生一生的学术造诣、教学生涯、人生体悟的全面展现。这些图书在上市之后行销海内外，深受读者喜爱，重印数十次，并经历数次改版升级。其中，《叶嘉莹说唐诗》后因体量较大，拆分成两部——《叶嘉莹说初盛唐诗》与《叶嘉莹说中晚唐诗》。《迦陵诗词稿》则以中华书局2019年增订版为基础，收入叶先生截至2018年的诗词作品，并经作者本人审定。

今年迎来先生百岁诞辰。在先生的期颐之年，我们特将先生在书局出版的作品汇于一系，全新修订，精益求精，采用布面精装，并将更新后的先生年谱附于《迦陵诗词稿》之后，以期为读者朋友们提供一个更加完善的版本。

《楞严经》中有鸟名为“迦陵”，其仙音可遍十方界，因与“嘉莹”音颇近，故而叶嘉莹先生取之为别号。想必此鸟之仙音在世间的投射，便是叶先生之德音。有幸，最初先生讲述“迦陵说诗”系列的录音我们依然留存，并附于书中，虽因年代久远，部分内容或有残损，且因整理与修订幅度不同，录音与文字并不完全吻合，但今天我们依然能聆听先生教学之音，本身便不失为一大乐事。愿此音永在杏坛之上，将古典诗词感发的、蓬勃的生命力，注入国人心田之中。

中华书局编辑部

2024年8月

# 原“迦陵说诗”系列序言

中华书局最近将出版我的六册讲演集，编为“迦陵说诗”系列，要我写一篇总序。这六册书如果按所讲授的诗歌之时代为顺序，则其先后次第应排列如下：

一、《叶嘉莹说汉魏六朝诗》

二、《叶嘉莹说阮籍咏怀诗》

三、《叶嘉莹说陶渊明饮酒及拟古诗》

四、《叶嘉莹说唐诗》

五、《好诗共欣赏》

六、《叶嘉莹说诗讲稿》

这六册书中的第二种及第五种，在1997及1998年先后出版时，我都曾为之写过《前言》，对于讲演之时间、地点与整理讲稿之人的姓名都已做过简单的说明，自然不需在此更为辞费。至于第一种《叶嘉莹说汉魏六朝诗》与第四种《叶嘉莹说唐诗》，现在虽然分别被编为两本书，但其讲演之时地则同出于一源。二者都是二十世纪八十年代中我在加拿大温哥华不列颠哥伦比亚大学讲授古典诗歌时的录音记录，只不过整理成书的年代不同，整理讲稿的人也不同。前者是九十年代中期由天津的三位友人安易、徐晓莉和杨爱娣所整理写定的，后者则是近年始由南开大学硕士班的曾庆雨同学写定的。后者还未曾出版过，而前者则在2000年初已曾由台湾之桂冠图书公司出版，收入在《叶嘉莹作品集》的第二辑《诗词讲录》中，而且是该专辑中的第一册，所以在书前曾写有一篇长序，不仅提及这一册书的成书经过，而且对这一辑内所收录的其他五册讲录也都做了简单的介绍。其中也包括了现在中华书局即将出版的《叶嘉莹说阮籍咏怀诗》和《叶嘉莹说陶渊明饮酒诗》，但却未包括现在所收录的陶渊明的《拟古》诗，那是因为“饮酒”与“拟古”两组诗讲授的时地并不相同，因而整理人及成书的时代也不相同。前者是于1984年及1993年先后在加拿大温哥华的金佛寺与美国加州的万佛城陆续所做的两次讲演，整理录音人则仍是为我整理《叶嘉莹说汉魏六朝诗》的三位友人。因此也曾被桂冠图书公司收入在他们2000年所出版的《叶嘉莹作品集》的《诗词讲录》一辑之中。至于后一种《拟古》诗，则是晚至2003年我在温哥华为岭南长者学院所做的一次系列讲演，而整理讲稿的人则是南开大学博士班的汪梦川同学，所以此一部分陶诗的讲录也未曾出版过。

回顾以上所述及的五种讲录，其时代最早的应是二十世纪六十年代中我在台湾为教育电台播讲大学国文时所讲的一组阮籍的“咏怀”诗，这册讲录也是我最早出版的一册《讲录》。至于时代最晚的则应是前所提及的2003年在温哥华所讲的陶渊明的《拟古》诗。综观这五册书所收录的讲演录音，其时间跨度盖已有四十年以上之久，而空间跨度则包括了中国台湾、美国、加拿大及中国大陆四个不同的地区和国家。不过这五册书所收录的讲演却仍都不失为一时、一地的系列讲演，凌乱中仍有一定的系统。至于第六册《叶嘉莹说诗讲稿》则是此一系列讲录中内容最为驳杂的一册书。因为这一册书所收的都是不成系列的分别在不同的时地为不同的学校所做的一次性的个别讲演，当时我大多是奔波于旅途之中，随身既未携带任何参考书籍，而且我又一向不准备讲稿，都是临时拟定一个题目，临时就上台去讲。在这种情况下就不免会出现了不少问题。其一是所讲的内容往往不免有重复之处，其二是我讲演时所引用的一些资料，既完全未经查检，但凭自己之记忆，自不免有许多失误。何况讲演之时地不定，整理讲稿之人的程度不定，而且各地听讲之人的水平也不整齐，所以其内容之驳杂凌乱，自是必然之结果。此次中华书局所拟收录的《叶嘉莹说诗讲稿》原有十三篇之多，计为：

1.《从中西诗论的结合谈中国古典诗歌的评赏》（这是我二十世纪八十年代初在四川成都所做的一次讲演，由缪元朗整理，讲稿曾被收入在河北教育出版社所出版的《古典诗词讲演集》。）

2.《从几首诗例谈中国古典诗歌中形象与情意之关系》（这是二十世纪八十年代初我在天津师范大学所做的一次讲演，由徐晓莉整理，讲稿亦曾收入在《古典诗词讲演集》。）

3.《从形象与情意之关系看三首小诗》（这是1984年在北京经济学院所做的一次讲演，由杨彬整理，讲稿亦曾被收入《古典诗词讲演集》。）

4.《旧诗的批评与欣赏》（这是我在二十世纪九十年代中在南开大学所做的一次讲演，此稿未曾被收入我的任何文集。）

5.《从比较现代的观点看几首旧诗》(这是二十世纪六十年代中我在台湾大学为“海洋诗社”的同学们所做的一次讲演，讲稿曾被收入台湾桂冠图书公司所出版的《迦陵说诗讲稿》。)

6.《漫谈中国古典诗歌中的感发作用》(这应是二十世纪八十年代末或九十年代初的一次讲演，时地已不能确记，此稿以前未曾出版。)

7.《从中西文论谈赋比兴》(这是2004年在香港城市大学的一次讲演，曾被收入香港城市大学出版之《叶嘉莹说诗谈词》。)

8.《古诗十九首的多义性》(这是2003年在香港城市大学的一次讲演，曾被收入《叶嘉莹说诗谈词》。)

9.《诗歌吟诵的古老传统》(同上。)

10.《杜甫诗在写实中的象喻性》(同上。)

11.《从西方文论看李商隐的几首诗》(这是2001年我在南开大学所做的一次讲演，未曾收入我的任何文集。)

12.《一位晚清诗人的几首落花诗》(这也是2003年在香港城市大学所做的一次讲演，曾被收入《叶嘉莹说诗谈词》。)

13.《阅读视野与诗词评赏》(这是2004年我在一次会议中的发言稿，未曾收入我的任何文集。)

以上十三篇，只从讲演之时地来看，其杂乱之情形已可概见，故其内容自不免有许多重复之处。此次重新编印，曾经做了相当的删节。即如前所列举的第一、第二、第四与第五诸篇，就已经被删定为一篇，题目也改了一个新题，题为“结合中西诗论看几首中国旧诗中的形象与情意之关系”；另外第六与第七两篇，也被删节成了一篇，题目也改成了一个新题，题为“从‘赋、比、兴’谈诗歌中兴发感动之作用”。我之所以把原来十三篇的内容及出版情况详细列出，又把删节改编之情况与新定的篇题也详细列出，主要是为了向读者做个交代，以便与旧日所出版的篇目做个比对。而这些篇目之所以易于重复，主要盖由于这些讲稿都是在各地所做的一次性的讲演，每次讲演我都首先想把中国诗歌源头的“赋、比、兴”之说介绍给听众，举例时自然也不免谈到形象与情意之关系。而谈到形象与情意之关系时，又不免经常举引大家所熟悉的一些诗例，因此自然难以避免地有了许多重复之处。然而一般而言，我每次讲演都从来没有写过讲稿，所以严格说起来，我每次讲演的内容即使有相近之处，但也从来没有过两篇完全一样的内容。只是举例既有重复，自然应该删节才是。至于其他各篇，如《叶嘉莹说汉魏六朝诗》、《叶嘉莹说唐诗》、《叶嘉莹说阮籍咏怀诗》、《叶嘉莹说陶渊明饮酒及拟古诗》等，则都是自成系列的讲稿，如此当然就不会有重复之处了。

除去重复之缺点外，我在校读中还发现了其中引文往往有失误之处。这一则是因为我的讲演一向不准备讲稿，所有引文都但凭一己的背诵，而背诵有时自不免有失误，此其致误的原因之一。再则这些讲稿都是经由友人根据录音整理出来的，一切记录都依声音写成，而声音往往有时又不够清晰，此其致误的原因之二。三则一般说来，古诗之语言自然与口语有所不同，所以出版时之排印也往往有许多错字，此其致误的原因之三。此次校读中，虽然对以前的诸多错误都曾尽力做了校正，但失误也仍然不免，这是我极感愧疚的。

回首数十年来我一直站立在讲堂上讲授古典诗词，盖皆由于我自幼养成的对于诗词中之感发生命的一种不能自已的深情的共鸣。早在1996年，当河北教育出版社为我出版《迦陵文集》时，在其所收录的《我的诗词道路》一书的《前言》中，我就曾经写有一段话说："在创作的道路上，我未能成为一个很好的诗人，在研究的道路上，我也未能成为一个很好的学者，那是因为我在这两条道路上，都并未能做出全心的投入。至于在教学的道路上，则我纵然也未能成为一个很好的教师，但我却确实为教学的工作投注了我大部分的生命。"关于我一生教学的历程，以及我何以在讲课时开始了录音的记录，则我在1997年天津教育出版社为我出版《阮籍咏怀诗讲录》一书及2000年台湾桂冠图书公司为我出版《诗词讲录》一辑的首册《汉魏六朝诗讲录》一书时都曾先后写过序言，而此两册书现在也都被北京中华书局编入了我的"迦陵说诗"系列之中。序言具在，读者自可参看。回顾我自1945年开始了教书的生涯，至于今日盖已有六十一年之久。如今我已是八十三岁的老人，仍然坚持站在讲台上讲课，未曾停止下来。记得我在1979年第一次回国教书时，曾经写有"书生报国成何计，难忘诗骚李杜魂"两句诗。我现在仍愿以这两句诗作为我的"迦陵说诗"六种之序言的结尾，是诗歌中生生不已的生命使我对诗歌的讲授乐此不疲的。

是为序。

叶嘉莹

2006年12月

# 目　录

中晚唐诗人之一

*

# 韦应物

一般人们习惯于把唐诗分成初、盛、中、晚四个时期来讲，我们已经讲过了初唐的杜审言、“四杰”、“沈宋”等诗人，以及盛唐主要的诗人王维、孟浩然、李白、杜甫，还有写边塞诗的“高岑”——高适、岑参。下面介绍中唐时期的重要诗人韦应物、韩愈、柳宗元、白居易。

我们把盛唐的高峰讲过后，现在再讲其他时期诗人的诗，不知道大家感觉如何？我个人有一个感觉，可以用元稹的两句诗概括：“曾经沧海难为水，除却巫山不是云。”（《离思五首·其四》）大家都知道《西厢记》是部分取材于元稹的《会真记》，讲了张生跟崔莺莺的故事，相传这就是元微之自己的经历。本来这首诗是写爱情的，意思是说他曾经认识一个世间最好的女子，那么除了她以外，别的女子好像都是颜色如土了。这句话出自孟子的“观于海者难为水，游于圣人之门者难为言”（《孟子·尽心上》）。当你已经看过汪洋无边的大海后，再看到其他的水都不会被吸引了。“游于圣人之门者”，“游”是指古人到各地去游学。如果你曾经在圣人的门下游学，那你以后再听其他人讲道，会觉得都不够好了。

我们已经见识过盛唐诗的风采了，看到李白和杜甫是这样开阔，这样飞扬，这样深厚，这样沉重，现在再看别人的诗，味道好像就不够了。可是各人有各人不同的成就，我特别提出韦、柳两个人，是因为我们常常把王、孟、韦、柳四家都算作是写大自然、山水和田园的诗人。事实上，他们每个人都是不一样的，我们在讲王维跟孟浩然的时候曾经作过比较。

王维写景物的时候，常常是写景物之中表现出来的一种禅理而不是感情，像他的《栾家濑》：

飒飒秋雨中，浅浅石溜泻。
跳波自相溅，白鹭惊复下。

当你内心很平静、很悠闲的时候，外面是飒飒的雨声，忽然间你看到在阴暗的天空中，一只白色的鸟滑翔一圈飞起来了。这里有声音的一动、颜色的一动，就是这种自然环境的一动之间，让你的心也随之一动，而且这个动没有善恶喜怒之分。古人说喜怒哀乐之未发谓之性，喜怒哀乐之既发谓之情。你本来有一个能感的本性，可是没有形成强烈、明显的感情，所以只是一动念之间的事情。你的心没有死去，但是没有喜怒哀乐这些有形感情的限制，就是这么一动念之间的一种意境。王维表现得很好，很少有诗人能表现出这样一种意境。

孟浩然的诗里面常常表现一种兴发、一种感动，如《早寒江上有怀》（一作《江上思归》）：

木落雁南度，北风江上寒。
我家襄水曲，遥隔楚云端。
乡泪客中尽，孤帆天际看。
迷津欲有问，平海夕漫漫。

树叶黄落，大雁南飞。冷冷的西北风吹过来，江边上十分寒冷。他所写的景物之中，有他一份寂寞的、生命失落的悲哀和感情在里边，所以王、孟两个人其实是很不一样的。

唐朝以前有两个很有名、成就很卓著的写山水自然的诗人，即陶渊明和谢灵运。他们两个人的诗也是不同的。谢灵运写山水诗的时候，主要是刻画形貌，也正因如此，前人批评他这一类的诗时说“钻貌草木之中”（《文心雕龙·物色》），写的都是外表形貌而已。如我们去年讲过谢灵运的《从斤竹涧越岭溪行》：

猿鸣诚知曙，谷幽光未显。
岩下云方合，花上露犹泫。
逶迤傍隈隩，迢递陟陉岘。
过涧既厉急，登栈亦陵缅。
川渚屡径复，乘流玩回转。
蘋萍泛沉深，菰蒲冒清浅。
企石挹飞泉，攀林摘叶卷。
想见山阿人，薜萝若在眼。
握兰勤徒结，折麻心莫展。

情用赏为美，事昧竟谁辨。

观此遗物虑，一悟得所遣。

“蘋萍”说水面上有很多的萍草，它们不是沉下去，而是漂浮在水面上。“菰蒲冒清浅”，“菰”是菰米，“蒲”就是昌蒲这一类的植物，“冒清浅”是指覆盖在清浅的水面上。“岩下云方合”句是说山岩底下白云缭绕，许多云彩都聚在一起。“花上露犹泫”是说花上有露水珠，“泫”是有水珠滴下的样子。由此看出都是刻画形貌的句子。

虽然都是写山水田园，孟浩然结合了自己的感情，而谢灵运就是单纯地写景，写眼睛所看见的外表，包括形状、外貌等等，没有结合自己的感情，而且总是先写一段景物，然后在诗的最后写一段感情和哲理。而王维呢，虽然也不露感情，可是跟大谢不同，你一定要注意到。刚才我们说王维诗里面都有一种“动”，不是只有一个死板的外表摆在那里，而是有一种心的活动。飒飒的秋雨落下来，石头上浅浅的泉水流下来，白鹭鸟飞起来，水波在互相跳溅。这都是外界事物的活动以及在这种活动之中表现的他内心的活动。大谢写的不是心的动，而是眼的观，先写景物后写哲理，而且常常用典故。比如他在《登永嘉绿嶂山》诗中说：“蛊上贵不事，履二美贞吉。”“蛊”和“履”是《易经》的《蛊》卦和《履》卦，这两句是说《易经》的《履》卦的第二爻所赞美的是你这个人要贞静，这样的话对你是好的。这是理性上的说理，根本没有任何感情，也不直接给我们感动。大谢诗的特点就是在于他不写感情，反而把景物的形貌刻画得非常细致复杂，把哲理写得比较艰深，而且在复杂艰深中传达出一种力量。你要一层层地深入进去的话，就会发现那是一种挣扎。这是为什么呢?

谢灵运出自东晋南朝世家，曾祖、祖父一辈的谢安、谢玄都是东晋出将入相的人物。可是东晋被刘裕给篡夺后灭亡了。谢灵运这个人是非常骄傲、自命不凡的，他在这种复杂的政治之中不甘心寂寞，一心想出来插手政治，可是当时的政局不允许他这样做，所以他在诗里总是把感情尽量转移，甚至压抑，就形成了这样一种复杂情况。他的力量、他的好处，正是在不直接传达之中表现出来的，故而很少有人能够欣赏谢灵运。你要透过他的复杂和艰深，去体会他那一种在政治的矛盾中挣扎的、不得已的、勉强把自己压下去的痛楚。这就是其诗作的创作背景，由此我们知道他跟王维、孟浩然都是不一样的。

那么陶渊明就更不一样了。中国最好的诗人都是用生命来写作诗篇，用生活来实践诗篇的。陶渊明实际上是一个有政治理想的人。可是他生在东晋的乱世，理想得不到实践。一般说起来，世界上有的人是勇于进的，可是有些人是勇于退的。勇于退的人不是说他没有进过，只是他进的时候碰到一些挫折，认识到周围的环境无法改变，于是就失去了不顾一切向前冲的“进”的精神和勇气。陶渊明正是由“进”不得后才转成“退”的。而且更值得注意的是陶渊明有一种关爱。虽然隐居在乡下，但对于国家、对于人民、对于世界、对于整个人世，他都有一种关爱。所以他的诗里面写了他对于那些和他不相干的人，如田夫野老、儿童稚子的感情，那真是天性使然，并不是说因为他们是我的亲人我才爱他们的。

《圣经》里问：如果他是你所追求的一个对象，是你的爱人，你去爱他那一点都不奇怪。可是你对于大自然中和你没有什么关系、但是却很可爱的东西或者人，你是否还会爱？而田夫野老跟儿童稚子之可爱，就因为他们是真淳的、质朴的，没有机诈，没有奸巧，没有邪恶。所以陶渊明诗中的自然山水之间都表现了这种仁厚的、天性的爱心，如《时运》诗里说："山涤馀霭，宇暧微霄。有风自南，翼彼新苗。"他写在一个美好的春天的早晨，天晴气朗，他自己穿上春天的衣服，到东边的郊外散步。"涤"是洗净，山上就像水洗过一样，所有残留的烟霭都消除了；于是就看见"宇暧微霄"，"宇"是天空，"暧"是朦胧不清的、昏暗不明的样子；"有风自南"，有一阵春天的好风从南边吹过来；"翼彼新苗"，翼是被风吹动的样子，春风吹动了秧田，里面刚刚长出来的很鲜嫩的秧苗就好像小鸟张开翅膀在那里飞翔。所以你看陶诗里包含了一份仁者的爱心和对宇宙万物的关怀，饱含着自己的感情。但是这跟孟浩然还不一样，孟浩然的感情是自己一个人的悲慨，而陶渊明却是一份仁者的博爱之心。而且陶渊明诗的好处不止在这里，他的诗也会表现哲理，但他不像谢灵运只是说些外在的哲理，如《易经》上《履》卦的第二爻说一个人应该贞静，这本来就是《易经》就有的道理。陶渊明所写的哲理不是外来的，而是内发的一种对人生的体会，像大家都知道的名句"采菊东篱下，悠然见南山。山气日夕佳，飞鸟相与还。此中有真意，欲辨已忘言"就是如此的。

我们把整个中国山水田园诗做了一个总体的归纳和回顾，已经分别出了王、孟、陶、谢四个人的不同。每个人之所以形成自己与众不同的风格，当然与他的天性和经历是有关系的。

因为谢灵运以他的家世、以他的富贵、以他的豪奢经过了朝代的更替，从贵族沦落到在当年非常微贱的一个人手下作臣子，他当然不甘心，而且他是一个有野心、不甘心寂寞的人，所以写出那样复杂艰深的诗来。陶渊明本性上就信任自己的真淳，就是别人说我好说我坏都没有关系，我所信赖的是我自己本性的一份纯真，所以他说我虽然饥寒交迫，可是“违己交病”，你让我做一个出卖自己的人，我就觉得满身都是病，甚至比生病还难过，“交病”者见病之多。所以我宁可挨饿，宁可去种田，也不能违背自己的本性，这就是陶渊明。

那韦应物是一个什么样的人呢？韦应物的家族在中国的历史上是一个贵族世家，特别是在唐朝的时候，他的祖先有很多人都是做官做到宰相的位置的。那时有一句俗话说：“城南韦杜，去天尺五。”像杜如晦、韦待价等都是做过宰相的，所以说城南的韦家和杜家，距离朝廷这么近，只有“尺五”，“天”代表天子、朝廷，极言其家族之高贵。那么我讲这个是什么缘故呢？其实你要知道，不管祖先里有谁仕宦而至将相，其实都是没有保障的。看看各朝代的历史，有多少做官做到宰相的人最后都不得善终。韦应物的祖先韦待价曾经在武后的时候做过宰相，后来也是被贬谪了。这还算好的结果，像唐文宗时候的宰相王涯被满门抄斩。宦海波澜难以预测，旦夕之间政局就可以改变。而且在中国古代，子孙中只有一个人可以承继家业，得到祖父或者父亲的地位，所以很多旁支远族就都衰落了。陶渊明本来是长沙公陶侃的后代，谢灵运是谢玄的后代，最后他们不是都沦落了吗？甚至谢灵运后来还被斩首，祖先的显贵是不可保持的。

韦应物生下来的时候他们家族就已经衰落了，但不管怎么样说，他的家族毕竟是世家，所以就有资格被选充侍卫。在古代，皇帝的卫兵一定要从贵族、世家里边选拔，因为一般认为这些人比较忠心、值得信赖。我现在正写一篇关于清朝词人纳兰成德的文稿。纳兰的父亲明珠曾经做过宰相，所以纳兰成德被选作侍卫。可见清朝时还是沿用这种制度的，即世家的子弟被选充作御前侍卫。韦应物出生在唐玄宗开元年间，开元的后期也就是在他十四五岁的时候，被选充去做了玄宗的侍卫。天宝年间安史之乱爆发，长安沦陷，玄宗逃到四川，可是这些侍卫们没有一个能跟玄宗幸蜀的，都四散流落了。由于他在少年的时候去当了侍卫，所以正应该念书的时候没有好好读书。这在他一首诗——《逢杨开府》里说得很明确："少事武皇帝，无赖恃恩私。身作里中横，家藏亡命儿。朝持樗蒲局，暮窃东邻姬。司隶不敢捕，立在白玉墀……武皇升仙去，憔悴被人欺。读书事已晚，把笔学题诗。"第三句中的"横"字不念héng，念hèng。这是他少年的生活。"少事武皇帝"，少年的时候就侍奉武皇帝。我们讲杜甫诗时讲过，唐朝的诗人总是用汉武帝比唐玄宗，"武皇帝"就是指唐玄宗。"无赖恃恩私"，"无赖"就是说那些年轻人天不怕地不怕。为什么会这样？因为是有"恃"，有恃无恐，"恃"就是倚仗。倚仗着皇帝的喜爱和恩宠，所以就"身作里中横，家藏亡命儿"。我在我们那条街上称强称霸，而且谁要是犯了法，可以到我家里来避避风头，我可以窝藏他，没有人敢来抓他。“朝持樗蒲局”，“樗蒲局”是赌博的棋盘，白天没事就去赌钱。“暮窃东邻姬”，晚上还随便跟女子发生关系。这个“窃”不是说偷东西，是指偷情。“司隶不敢捕”，执法的人不敢抓我，因为我“立在白玉墀”——站在朝廷白玉砌就的台阶之下，是皇帝的亲信和侍卫。“武皇升仙去”，玄宗幸蜀回来后，失去了势力，而且不久就死了。那我们当年这些倚仗他的人就“憔悴被人欺”，没有人看得起我们，身无一技之长。这个时候怎么样？“读书事已晚”，我再想回头读书已经晚了，都二十好几岁的人了才“把笔学题诗”，拿起笔来学习写诗。我还要提一下，唐朝时一是选拔十几岁的少年做侍卫，二是朝廷同时给了他们一个特别的权利——可以无条件进入太学。所以韦应物在安史之乱后、太学恢复时又回到太学来读书了。

我要讲的不只是韦应物早年的出身跟经历，还要讲他如何学诗。很多人是从小就作诗的，像杜甫“七龄思即壮，开口咏凤凰”，七岁的时候写诗的才思已经发展得很好了，开口就能歌咏如凤凰一般德行高蹈之人。可韦应物却是二十多岁以后才回来学作诗的。现在我就要讲二者哪里不同。一个人长大以后学诗跟从小就吟诗念诗是不一样的，虽然都可以写出好的诗来。这真是非常奇妙的一件事情。如果你从小就吟诗读诗，你的学习跟你的生命是一起成长起来的，是紧紧结合在一起的，所以你的诗里的感发来得更自然，是跟你生命融合在一起的，甚至不假思索，出口成章。就是说你的诗不是想出来的，是流出来的。

还有我上次吟诗时也谈过，中国有非常悠久的达三千年以上的吟诗传统。早在周朝时，小孩子一入学就要先背诗，现在日本还有这个习惯：孩子们到了八九岁的时候，就起码要背过一百首诗。学诗要学“兴、道、讽、诵、言、语”，这是《周礼》上记载的。所以王国维曾写过一篇关于殷周制度考察的文章。他说周朝代替商朝靠的是什么？纣王无道，武王革命。《易经》的《革》卦上说：“汤武革命，顺乎天而应乎人。”孟子还说：“君之视臣如土芥，则臣视君如寇仇。”（《孟子·离娄下》）如果统治者把老百姓当作泥土或野草一样对待，那老百姓就会革命，把统治者当作敌人一样推翻。可是关键的是革命以后该怎么办？马上得天下，却不能以马上治之。王国维生在清末民初那样动荡的年代，认为革命未尝不好，重要的是革命以后该干些什么事？《殷周制度考》表面上说的是考古，真正目的针对的是当时民国的革命。他认为周朝之所以能有八百年的天下，这么长久，是因为它建立了一套完整的制度，国家各类的事情有各类专人负责。而且重视教育，培养了优秀的国民。当时《诗经》三百篇是一个主要的课本，孔子教学生也是教这个：“《诗》三百，一言以蔽之，曰：‘思无邪。’”（《论语·为政》）他还跟他儿子说：“不学诗，无以言。”（《论语·季氏》）现在讲的这个好像是闲话，我的意思是说，中国有这样一个绵长的吟诗、背诗的传统，而且从小学诗是非常重要的。

现在我就要讲回来了。韦应物小时候没有学诗，没有读书，后来很晚才“把笔学题诗”。所以他的诗五言比七言好，古体比近体好，而且是要通过一种思索才能体会到的好。我们要体会一个人的诗，该怎样进去？如果他是从自然感发写出来的，那我们就从自然感发来欣赏它；如果他是用思索写出来的，那我们就要用思索去寻求它。韦应物是后来才学诗，所以一切都是有意的。小时候的学习，什么都不分，黑白是非善恶好坏什么都不知道，就这么一股脑地背。可是一旦长大，什么都是有意为之的，学习是有意的，写作也是有意的。所以韦应物都是有意学陶学谢，于是他的山水田园诗里就有一类诗像陶渊明和谢灵运的作品。

对于陶渊明、谢灵运以及王维和孟浩然的相似和不同，前面我已做过一个总论和比较。而且习惯上常常把王、孟、韦、柳四家并称作唐代写山水自然的诗人。现在我要补充说明的是，我们一般人学文学史、写文学史，都认为韦应物山水田园自然诗成就很高，其实韦应物实在是一个有着多方面成就的诗人。因为韦应物读书很晚，所以他学诗的时候曾经多方面学习和尝试过。有的时候他写的一些歌行，还有他的五言古诗、五言律诗都会反映当时的社会现实和民间疾苦。这一方面影响了和他同时或者是稍后的作者，如李贺。韦应物有一首《采玉行》，是说那些在山岭之间采玉石的人从山上采下一块石头来凿开，看看里面有没有包藏美玉。这首诗就写了这些采玉人生活的艰苦。后来李贺写过一首《老夫采玉歌》，也是写山中采玉人生活之艰苦，明显是受了韦应物的影响。另外韦应物还有一首《夏冰歌》写采冰人的艰苦。中国古代没有冰箱这么方便的设备，所以人们都是冬天的时候在冻了的江上采下大块的冰，放在地窖里面存起来，然后用一个麻袋包好，让它不要化掉。夏天的时候达官贵人的家里边想要取凉，或者要冰镇食物时，这些大块的冰就被送到贵族们的家里边去。《采玉行》《夏冰歌》反映民间疾苦的作风就对后来的元、白——元稹、白居易产生了很大的影响。

白居易有一篇文章，其实是一封书信，叫作《与元九书》，在中国的文学批评史上也算是一篇重要的著作。“元九”，就是元稹，号微之，排行第九。元、白两个人是好朋友，常常写诗唱和，来往密切。白居易在这封书信里提出他的论诗主张，说：“文章合为时而著，歌诗合为事而作。”文章一定要为这个时代而写，有时代的意义，关注社会上的问题。所以白居易写了很多反映民间疾苦的诗，像《卖炭翁》《新丰折臂翁》等。白居易还特别赞美了韦应物，说：“近岁韦苏州歌行，才丽之外颇近兴讽。”因为他们的时代距离很近，所以说是“近岁”。韦应物的歌行除了“才丽之外”——写得很好、很有才华，写得很美丽以外，还“颇近兴讽”，像他的《采玉行》和《夏冰歌》都寓有“兴讽”。

我要补充一点，我们最早讲的“兴”是指诗歌的一种作法——“见物起兴”，我听到“关关雎鸠”，就想到了“窈窕淑女，君子好逑”。这本来是很单纯的一种联想和感发，你看到外界的一些现象后，你的内心、你的诗心就“感物而动”。我们也讲过，比的做法是“以此例彼”，你的内心先有了某一种意思，然后找一个东西来做比喻，像《诗经》的《硕鼠》。“兴”是感物而动，是由外物引起内心的感动，是由物而心。“比”是内心先有一种话要说，然后用外物的形象说出来，是由心而物。本来这都是很单纯的事情。可是到了汉朝，儒家的学者解经的时候，就在本来很单纯的“兴”的做法或者很单纯的“比”的做法里灌注了他们的看法。因为汉朝时国家在教育方面的政策是“罢黜百家，独尊儒术”，因为儒家学说最能够统一、集中思想，便于治理。郑玄为周礼作注时说比是“见今之失”，看到现在的时代有很多坏事情，“不敢斥言，取比类以言之”，可是不敢直接说，所以就用比；所谓兴呢，是“见今之美”，看到现在的政治有好的，可是“嫌于媚谀，取善事以喻劝之”，为了要避阿谀奉承的嫌疑，所以就用“兴”来说。从此以后，比兴就不只是说单纯的感发，而是含有讽喻的意思，也就是allegorical meaning。从白居易的horizon of acceptance（接受范围），从他的judgment（评判）来看，韦应物的歌行除了才丽之外，还同时有讽兴的意思。就比如说他写《采玉行》和《夏冰歌》讽刺了当时朝廷对于贫苦人民的生活不加关心，把人民的困苦生活情况反映出来。这就是韦应物的另外一面的成就和影响。

我既然讲到这里了，就要再多讲几句，韦应物的歌行还有很丰富的想象力，给大家举他的《王母歌》为证：

> 众仙翼神母，羽盖随云起。
> 上游玄极杳冥中，下看东海一杯水。
> 海畔种桃经几时，千年开花千年子。
> 玉颜眇眇何处寻，世上茫茫人自死。

王母是中国神话传说中的人物。西方瑶池有一个女神仙西王母，像汉武帝、周穆王要求长生，都是跟这个西王母见面取经。西王母还有一个使者青鸟，负责传信。他所想象的西王母是“上游玄极杳冥中”，她可以在空中云雾的“玄极”，就是天空最高的地方生活，“杳冥”是渺茫得看不清楚，在那里周游。西王母从天上向下看，人间的东海就会变得像一杯水那么小，就跟你坐在飞机上往下看一样，“下看东海一杯水”。“海畔种桃经几时”，西王母种的蟠桃，就是孙悟空还曾经偷吃过的，是“千年开花千年子”——一千年才开一次花结一次果实。但是现在我们看不到西王母了，“玉颜眇眇何处寻”，可是“世上茫茫人自死”，世世代代多少人都死了。这就是韦应物的想象。后来李贺写了一首诗叫作《梦天》，也有着锐敏的感觉跟很神奇的想象。其中有这样的句子：“遥望齐州九点烟，一泓海水杯中泻。”他说是“梦天”，你要知道这只是个梦啊，李太白也曾经写过“飘拂升天行”，梦见自己飘摇恍惚地飞在天上。而李贺写的是“遥望齐州九点烟”，那时候没有飞机，但是他所写的跟坐在飞机上看到的差不多。他说在天上往下看齐州这一带，有“九点烟”，就是远远的有一点一点的烟霭的痕迹。“一泓海水杯中泻”，“一泓”就是一湾，海水这时就好像是从一个酒杯里边倒出来的那么一点点的小小的水。这一句很明显是受到韦应物“下看东海一杯水”的影响。而且不只有这一句偶然地受韦应物的影响，李贺还曾经写过类似“千年花开千年子。玉颜眇眇何处寻，世上茫茫人自死”等这样的句子，题目是《浩歌》：“王母桃花千遍红，彭祖巫咸几回死。”王母的桃花已经开了三次了，几千几万年都过去了。在中国古代传说中，世界上最长寿的人是彭祖，能活到八百岁。巫咸是管人神之间交往的人，他的寿命可以通鬼神、长生不老。现在就算是彭祖、巫咸这些人间最长寿的人，在“王母桃花千遍红”的时间里，也死了不知道多少次了。你可以看出李贺的这种image跟

idea也是从韦应物那里得来的。所以韦应物学诗虽然晚，但却相当努力，曾经多方面学习、尝试，当然也就得到了多方面的成就。可是一般的文学史和唐诗选本只选他的山水自然诗，这是很狭隘的。所以我们简单地把他其他的方面做一个介绍。

现在我们来看他的《初发扬子寄元大校书》：

凄凄去亲爱，泛泛入烟雾。
归棹洛阳人，残钟广陵树。
今朝此为别，何处还相遇。
世事波上舟，沿洄安得住。

“凄凄去亲爱，泛泛入烟雾。归棹洛阳人，残钟广陵树。”这两句是对句，因为“棹”是一个名词，“钟”是一个名词；“归”是一个动词当作adjective即形容词用，“残”也是形容词；“洛阳”是地名，“广陵”也是地名；“人”是一个名词，“树”是一个名词。我们在讲诗的时候说过有古体与近体之分，近体中的律诗是讲究平仄及对偶的。一定要把这个传统弄清楚。本来按照律诗的格律，是平平平仄仄，仄仄仄平平，像上次我吟的杜甫的《春望》：“国破山河在，城春草木深。感时花溅泪，恨别鸟惊心。”“感”是第一个字，原则上应该是平声，可是用了仄声。这没有关系，第一个字可以通用。“时”是平声，“花”是平声，“溅”是仄声，“泪”是仄声。我们上次说明了，对偶在声律上讲就是平平要对仄仄，所以下面的一句里“恨”是仄声，“别”是仄声，“鸟”是仄声。从词性上来讲，

"时"是名词，"别"在这里是名词；"感"是动词，"恨"是动词；"花"是名词，"鸟"是名词；"溅"是动词，"惊"是动词；"泪"是名词，"心"是名词。名词对名词，动词对动词，形容词对形容词。所以标准地来说，词性是相同的，平仄是相反的。可是一定要注意到韦应物的这几句，只有词性是对的。至于平仄呢？却是平仄仄仄平，平平仄平仄。按照刚才那个规律，如果洛阳的阳是平声，那这边相应地要对仄声。可是它这里的广陵的陵是平声，所以平仄上不是完全对的。还不只如此，凡是一般的律诗，原则上都是押平声韵。"国破山河在，城春草木深。感时花溅泪，恨别鸟惊心。烽火连三月，家书抵万金。白头搔更短，浑欲不胜簪。"深、心、金、簪，是平声韵。凡是律诗都必须押平声韵，这是一个严格的规定，像我们早期讲的杜审言的《和晋陵陆丞早春游望》说："独有宦游人，偏惊物候新。云霞出海曙，梅柳渡江春。淑气催黄鸟，晴光转绿蘋。忽闻歌古调，归思欲沾巾。"新、春、蘋、巾都是平声韵。韦应物的《初发扬子寄元大校书》的第二个字、第四个字、第六个字、第八个字是韵脚，即雾、树、遇、住这四个字押的是仄声韵，所以不是真正的近体诗。那么这种诗叫作什么呢？是something between，就是说它是介于古诗跟律诗中间的一种形式。这一类中间对句、双句押仄韵的诗是在六朝的齐梁之间发展起来的，从那时起，诗人们开始对中国文字的特色进行反省和认识，可是规矩和格律还没有完全形成，于是就形成了古律之间的诗。庾信、徐陵都作过这一类诗，很工整的parallel（平行体），共八句，有时候用仄声韵。这一类的诗很特别，后来人们管它们叫作格诗。

题目是《初发扬子寄元大校书》。韦应物曾经做过滁州、江州、苏州刺史，所以在扬子江上来往过很多次。一次他从扬子江出发，写诗寄给他的一个朋友，这个人做校书，姓元，排行老大。这首诗是把自己的感情融合在景物之中来写的。“凄凄去亲爱”，说我内心觉得非常悲戚，因为就要与我所亲爱的人离别了。“泛泛入烟雾”，航船出发的时候常常是早晨，而早晨水上又常常是有很多雾的。“泛泛”就是在水上飘摇不定的样子，有种前途茫茫的感觉。“归棹洛阳人”，“棹”是船桨，“归棹”代表归船，划着这个船我要回到洛阳去。“残钟广陵树”，我走的时候听到远远地从广陵那边，透过烟水，beyond the trees，传过来的残钟渐渐远了，慢慢就听不见了。钟被敲响，当的一声过后，它还可以嗡嗡嗡响很久，所以你就听到残余的钟声，隔着广陵树那么悠远地传过来了。由此就引起了他很多的怀念和回忆。“今朝此为别，何处还相遇”，今天我跟你从这里离别后，什么时候才能再相见？大家是否还记得我们讲初唐诗的时候，曾经讲过王勃的“与君离别意，同是宦游人”。离别可以分几种情况，假如现在我们两个人是好朋友，如果我走了，你没有走，还留在这里，那我无论走得多么远我都知道你在这里，只要有一天我回来的话还可以再找到你。或者是你走了我不走，只要有一个人是固定的，我们就有见面的希望，因为我知道到哪里可以找到你。可是现在我们同是“宦游人”，做官远游在外，身不由己。朝廷今天下命令叫我走了，明天可能也叫你走。那以后我们在哪里可以再相见？所以他说“何处还相遇”——我们在什么地方还会再见面？“世事波上舟”，世间事情的变化就好像水上的船一样飘摇不定。“沿洄安得住”，“沿”是顺水而下，“洄”是逆水而上。人生就像是在水上走的船，有的时候要顺流而下，有的时候要逆流而上。在哪里会停下来都是不由我们做主的，船到哪里我们就随之到哪里。你可以看到韦应物写的情景之间有一种融会，而且在感发之中有一种思致。这就是韦应物诗的一个特色。

我们下面再看他的《寄全椒山中道士》：

今朝郡斋冷，忽念山中客。
涧底束荆薪，归来煮白石。
欲持一瓢酒，远慰风雨夕。
落叶满空山，何处寻行迹。

这是一首古诗。“全椒”是地名，《舆地纪胜》说：“淮南东路：滁州神山在全椒县西三十里，有洞极深。”因为他做过滁州刺史，滁州是一个州郡，那他所住的地方就是郡斋，今天又是风雨萧条寒冷的一天，所以“今朝郡斋冷”。就是在这种萧条寒冷寂寞之中，他突然想起山中的道士来了。那这位“山中客”过的是什么生活？“涧底束荆薪”，道士就在山涧底下采摘一些荆棘当做木柴，然后“归来煮白石”。不是说这个道士真的煮白石，他这里用了一个典故。《神仙传》里说白石先生是中黄丈人的弟子，“尝煮白石为粮，因就白石山居，时人号曰白石先生”。我们曾经讲过魏晋时候的人很讲究养生，常常研究吃什么样的药或者食物可以长生，嵇康还写过《养生论》。传说嵇康有一个朋友，在山中发现了一些石乳，就是还没有凝固的石头，于是就取出来自己吃了一些。他想带给嵇康吃，可是带出来的那些后来变得僵硬，没法吃了。其实我认为这是我们说的钟乳石，古人是迷信的说法。鲁迅先生写过一篇文章，叫《魏晋风度及文章与药及酒之关系》。魏晋之间的人喜欢服食"五石散"。据我现在推想，"五石散"大概就是五种矿物，这个也有一定的科学性，人体本来也需要一些矿物质。所以相传白石是可以吃的，他才用了这个典故。这个道人"煮白石"吃，也就是服食"五石散"、石乳这一类的东西来修炼以达到长生。"欲持一瓢酒，远慰风雨夕"，我非常想带一瓢酒去拜望你、看望你、安慰你。可是就算我去的话，也是"落叶满空山"，秋天到处是落叶，而你现在山中的哪一个地方？贾岛有一首很短的小诗"松下问童子，言师采药去。只在此山中，云深不知处"，也是这么一种意境。我去何处寻找到你的行迹呢！所以韦应物的诗有的时候有一种高古、超逸的风格。

今天我们读韦应物的诗，其中有一首诗可以说是最有名的一首七言绝句——《滁州西涧》。上一次我已经讲了，韦应物的风格是多方面的，因为他虽然学诗比较晚，但是他真的各方面都尝试了。而且韦应物还是不失真诚的一个人。诗是"感物而动"的，"在心为志，发言为诗"（《毛诗・大序》），当他做"三卫郎"的时候，也就是"少事武皇帝"的那个时候，意气比较盛，曾经"身作里中横，家藏亡命儿"，过了一段比较放浪的生活。而在中国过去的封建时代，凡是那些有权势的人，其手下卫队的兵士们都是比较骄恣的，这个不是从唐朝开始的，看一看汉魏时候的乐府诗就知道了。

《古诗今选》上有一篇《羽林郎》："昔有霍家奴，姓冯名子都。依倚将军势，调笑酒家胡。"就是有一个霍家的奴才，倚仗着主人将军的势力，随便调笑酒家的胡女——一个少数民族的女孩子。所以韦应物做三卫郎时比较放浪。但这"放浪"也可以从另一方面来看，就是说，生活上很放浪的人，有的时候反而不失其真。不像有一些人，表面上仁义道德，实际是道貌岸然。而且有的时候过于放浪的人，如果浪子回头，"折节读书"，"折节"就是改变了，就是他知道过去的错误以后，自己主动回来读书，反而可以读得更好，有更好的成绩。这是一般的现象，我只是分析这个原因是如此的。

基本上说起来，韦应物的诗有他独特的优点，他不但歌行彩丽，他的丰富的想象影响了后来的李贺，而且他的诗有不失其闲静、高远的一面，像上次我们讲的那首五言诗《寄全椒山中道士》："欲持一瓢酒，远慰风雨夕。落叶满空山，何处寻行迹。"写得那么崇高、那么遥远，写得很好。那么韦应物赫赫有名的《滁州西涧》是怎样说的呢？我们先把这首诗读一遍：

独怜幽草涧边生，上有黄鹂深树鸣。
春潮带雨晚来急，野渡无人舟自横。

"独怜幽草涧边生"，写得非常好，真是闲静高远。当然大自然的风景都是很美丽的，今天我在我们系一个老师家里聚会，有人说最近温哥华很多中国人只顾盖房子，把树都砍掉了，那为什么中国人都喜欢把树砍掉，是否中国人不喜欢大自然？我说这个也很奇怪，以我所读的书来看，中国过去的古典诗歌跟中国的哲学里边都说是天人合一，人应该跟大自然打成一片的。陶渊明说“采菊东篱下，悠然见南山”，像其他山水自然诗人王维、孟浩然，都是写大自然的美丽风景，怎么能够说中国人不欣赏自然？所以我觉得从古代的哲学跟文学来看，中国人的本性是喜欢自然的。韦应物也是如此，你看他写的滁州真的是很美——“独怜幽草涧边生”，有幽草，有山涧，这是多么美的景色！韦应物的诗其实真是很不错的，后来苏东坡写过两句诗：“乐天长短三千首，却爱韦郎五字诗。”白乐天的诗是以数量多出名的，长篇、短篇，各种不同的体裁，有三千首这么多，可是苏东坡说：“我所爱的却是韦郎的五字诗。”就是韦应物的五言诗。

有些基本问题我想还是要顺便说明一下，七言诗注重声调，注重气势，而五言诗却比较注重情韵，比较注重气质。我们前面说了，韦应物学诗比较晚。而作诗时声调和气势的结合与吟诵有着密切的关系，而吟诵呢，常常是在幼年的时候培养出来的，所以他在这方面有缺陷。就是说，因为他写诗不是从幼年的吟诵中培养出来的，而是后天学习的，所以他的诗比较都是有心的。一般说起来，韦应物的五言诗写得好，可是这首七言绝句《滁州西涧》其实也写得很好。而且我说了，“独怜幽草涧边生”，在这一句诗里面就包含了两层意思。“怜”字，一个是可爱的意思，这个青草跟这个山涧真的可以说是可爱；另外它还有可惜的意思，就是这么美丽的青草，可是没有被很多的人看到，天下有这么好的景色，幽草跟山涧，可是一般的大众所追逐的都是声色犬马和功名利禄，不会注意到这样自然的、美好的景色。所以说“独怜”，“独”是只有我，只有我欣赏这样的景色。而且不只是“独怜幽草涧边生”——眼睛所看到的景色很好，同时就在这个山涧的上面，还可以听到“上有黄鹂深树鸣”。黄鹂就是黄莺，黄莺鸟在那绿叶葱茂的深处鸣叫。“春潮带雨晚来急”，这时候是春天，冰在融化，所以溪水就涨起来了，而且再下一场春雨，那种春天的溪水就开始涨潮了。春潮带着雨声，晚上你听到雨声加上潮水，在山石上流过的声音是很急的，也就是“春潮带雨晚来急”了。“急”，是雨的急、水流的急。“野渡无人舟自横”，在那个没有人注意的山野之间的一个渡口的码头，有一只小船，因为今天下大雨，所以那个渡船上没有人，于是小船自己就横在涧边了。这首诗虽然只有短短的四句，但是写得却是非常的闲静高远。那这是为什么呢？

一般说起来诗可以分成几个层次：第一个层次是感官的感受，我们看见的外界景物就是一种感官上的感受。宋朝杨万里有一首诗叫作《小雨》，写的就是感官的感受：

雨来细细复疏疏，纵不能多不肯无。
似妒诗人山入眼，千峰故隔一帘珠。

感官的感受表现的常常是一种情趣，觉得这个景物很美，很有意思，这是人类审美过程中最初的一层感受。他说有一阵雨来了，不是大雨，而是小小的雨，“雨来细细复疏疏”，雨点不密，很稀疏的几点雨。有时你开车，窗玻璃前面有几点稀稀落落的雨丝，就是这样的“雨来细细复疏疏”。“纵不能多不肯无”，他说这个雨啊，你如果要下就下得多一点，下一场大雨；你要不下你就停止不下。可它是“纵不能多”也“不肯无”，就是下那么小小的一点点雨，还总是不肯停下。杨万里就掌握了景物的这么一个特色，就是说天上在下那种细细疏疏的雨，而他对这种雨的感受就是“雨来细细复疏疏，纵不能多不肯无”。那么这个雨有什么作用呢？他说“似妒诗人山入眼”，好像小雨在嫉妒诗人，因为诗人可以看见山，山是很美的，“山入眼”是能够看见山，所以“千峰故隔一帘珠”，就是说它故意下一种濛濛的雨，让那个远山在诗人看起来都好像隔着一个珠串帘子一样看不清楚，朦朦胧胧的，非常的美。这是感官的感受，写得非常有情趣。我们知道唐诗多是有气象的，写得比较开阔博大，而且感情是比较丰厚的；但是像杨万里这样的宋人的诗，题材比较小、比较细致，虽说不具有像李太白、杜甫那样很奔放、很丰富、很充沛的感情，但是他们比较注重对于外界的观察，因此宋诗常常带有一种观察和思致的味道。所以说宋诗有宋诗的优点，它虽然没有像杜甫那样的关心国家和人民的这种热烈的、深厚的感情，但是蕴有敏锐的观察和感受，一样是好诗。这是感官的层次。

第二个层次是感情的感动，就是饱有非常真诚的一种感情，像陆放翁怀念妻子时写的《沈园》：

> 梦断香消四十年，沈园柳老不吹绵。
> 此身行作稽山土，犹吊遗踪一泫然。

陆放翁的诗，特别是关于沈园的诗，那真是写得非常好。他跟他的妻子唐婉被他母亲逼迫分开以后，两人分别又再婚，之后不久唐婉就死了，写此诗时“梦断香消”有四十年之久了。他说我们曾经在沈园见过面，现在不用说人是老了，沈园的树都老了，是“沈园柳老不吹绵”。柳绵就是柳树的花，连树都老了，不再开花了。陆放翁一直到八十多岁都不能忘记唐婉，所以第三句“此身行作稽山土”，因为他是会稽人，是浙江绍兴那边的，他说我的身体不久将要被埋葬在会稽山下化作尘土了。可是我“犹吊遗踪”，我仍然凭吊遗踪，遗踪就是过去我们两个人分离以后在这里重又见面时的遗迹，这时我还会“泫然”——眼中涌满了泪水。

另外他的《十二月二日夜梦游沈氏园亭》一诗说：

城南小陌又逢春，只见梅花不见人。
玉骨久成泉下土，墨痕犹锁壁间尘。

前句“城南小陌”，即我在城南的路上，也就是往沈园去的路上，又是春天了，他跟唐婉分别后，某个春天曾在沈园见过一次面，但只有那一次，所以说“城南小陌又逢春，只见梅花不见人”，当年沈园是梅花盛开，我和我的妻子在这里相逢过，现在呢，梅花依旧，人却不见了。下面是“玉骨久成泉下土”，人早已是死去而长久地埋在地下，但当年题的词还在墙上被蜘蛛网和尘土覆盖着，“墨痕犹锁壁间尘”。他当年题的那首《钗头凤》是很有名的，说：“红酥手，黄縢酒，满城春色宫墙柳。东风恶，欢情薄。一怀愁绪，几年离索。错错错。　　春如旧，人空瘦，泪痕红浥鲛绡透。桃花落，闲池阁。山盟虽在，锦书难托。莫莫莫。”最后两句意思是说，我们当年的海誓山盟我还记得，从没有忘记，可是今天我们再见面，我想给她写一封信都没有办法了。“山盟虽在”却是“锦书难托”，即再也不能见面了。这个作品当然是写得很好、很感人。不管是他的《钗头凤》“山盟虽在，锦书难托”，还是他的“梦断香消四十年，沈园柳老不吹绵”，或是“城南小陌又逢春，只见梅花不见人”，都写得很好。这是诗歌里边第二个层次，就是给人一种感情上的感动，我们于千百年后读了他们这一段爱情的悲剧，仍然能够感动，这是感情的感动。

第三种层次，我以为就是感发的联想。我们上面讲过，感官的东西像杨万里所写的“雨来细细复疏疏”，都是相当写实的，是现实的景物，是“我”真的感官，即“我”眼睛看见、耳朵听到的，就是我的五官能够感受的，这都是非常写实的。同时感情也可以给我们感动，但是感情也是非常具体的一件事情，如陆放翁跟他以前的妻子的一段爱情的悲剧，历史上我们是可以找到这个故事的，这是具体的事件。还有一类诗是超于写实、超于具体的情事以上，它使你不只是感动，感动以后给你兴发，就是给你一个引申和引发。引申什么？引申一些个联想，beyond what he said in the text，就是在他这个text——诗的本文所写的景物情事以外，可以给你引申，引发很多联想。这个我们下一次就要讲，在诗里边最有这种代表性的就是李商隐的一类诗。

那么韦应物的这首《滁州西涧》表面看起来，他所写的是写实的景物，可是他没有停止在写实的景物之中，这首诗是很妙的，就是说在景物之间有一种不只是感官上的感受，还有一种言外的感受，有一种情致。你说他是在写他的寂寞？也不是具体的寂寞，就是他有某一种耳目之外的感受。他看见的是“独怜幽草涧边生”，听到的是“上有黄鹂深树鸣”。可是，透过耳目的感受以外，他还给了你心灵上一份感受，都不十分具体，也不十分强烈，这就是韦应物的诗。他常常写出这么一种境界，包括我们刚才所列举的：“欲持一瓢酒，远慰风雨夕。落叶满空山，何处寻行迹。”其中有一种说不出来的东西：他是写眼前的景物，什么下雨了、空山了，可是他在眼前景物之外，有something beyond，可是也不像李商隐的感发的联想那么丰富、那么强烈，就是说他会透过耳目的感受，给你某一种心灵上的感受，而这种感受不是很强烈也不是很具体，这正是韦应物诗的一个特色。我们讲了韦应物很多方面的诗，他还有模仿谢灵运以及陶渊明的诗，如《登西南冈卜居》，大家可以自己去看。

（胡静整理）

中晚唐诗人之二

*

# 柳宗元

我们从陶渊明、谢灵运开始讲中国山水自然诗的传统，讲了王维、孟浩然、韦应物等各家诗人的不同，现在要介绍的另外一个诗人是过去也把他列在写山水自然的诗人里边的，即柳宗元。

其实柳宗元的诗也是风格很多的，题材也是很广的，可是习惯上王、孟、韦、柳都算作写山水自然的诗人，所以我们把重点也放在讲他的山水自然诗。但是对柳宗元我们要比较地来讲。就是说，在中国的传统之中，柳宗元的山水自然诗跟别人的山水自然诗有什么不同，我们把重点放在这方面来讲。当然，还有别的诗我们还要补充说明。

那么柳宗元的诗在山水自然诗里边属于哪一类呢？金代有一个诗人是很有名的，叫元遗山，遗山是他的号，其本名叫做元好问。他曾经写过一组诗叫《论诗绝句三十首》。这是中国人的习惯，中国的文学发展得太久了，发展得太好了，因为其文学的体式发展的成就这么高，所以很多东西都可以用诗歌、用文学来表现，于是中国人就有了这么一个习惯，真的就是说他把文学的美放在第一了。特别是在中国的文学批评里边，文学批评本来应该是重视理论的，要详细委曲地把道理说明白才对，可是因为中国人过分地重视文学的美了，往往忽视了其理论性。南北朝的齐梁之间流行骈文，paralleled prose，所以连刘勰的《文心雕龙》这样的文学批评著作都是用骈文写的，每个句子都是骈偶的。然而有的时候同一个意思要重复两次，或者是为了对偶的缘故就不得不把它的意思说得很笼统而不够细致，过分重视文学的美而忽视了实用的功能。刘勰的文学批评用骈文写就是一个很典型的例证。

像元遗山要论诗，讲诗的文学批评本来应该用理论去说，可是他却写成绝句，用诗来批评诗。当然这也有它的好处，我这里说古人这样不好那样不好，可是在我跟缪钺老先生合写的《灵谿词说》里，在每一个词人前面都附有论词绝句，一般是三首或者四首，这是缪先生的主意。缪先生说我从前写的论文意思都不错，可是都那么长篇大论，读者不能够把其中的主要意思记住，所以他说先写绝句，后写论文，所以我们就变成这么一个形式：前面都有几首绝句，后来再写论文。因为中国就是有这么一个传统，从古以来就注重背诵，所以人家能够把这些绝句背下来时，也就把你的主要意思记住了。

元遗山对于柳宗元的诗是这样认为的：

> 谢客风容映古今，发源谁似柳州深。
>
> 朱弦一拂遗音在，却是当年寂寞心。（《论诗绝句三十首·二十》）

什么叫“谢客风容映古今”？谢客就是谢灵运，而谢灵运为什么叫谢客呢？因为他小的时候是寄养在别人家里边，小名叫做客儿，故而曰“谢客”。“风容”，你要注意到中国人这些个批评的术语——critical terms都是很抽象的，什么叫“风容”？我在写一篇文章讲《诗品》的诗歌理论时，提到过中国常常说“风”。什么叫做“风”？中国的“风”可以结合不同的东西——风骨，如汉魏的风骨；风情等。但是这些抽象的名词总是让人觉得迷惑，“风”究竟是什么东西？我认为凡是带“风”字的批评术语都代表一种感发的力量，因为风是吹过来的，所以它是一种活动的力量。可是这个力量从何而来？是什么缘故使你的作品就带着感动的力量？其他的作品就不带感动力量吗？这个力量从哪里来的？答案是从不同的地方来：有的人感动的力量是从感情来的，像陆放翁的诗：“城南小陌又逢春，只见梅花不见人。”（《十二月二日夜梦游沈氏园亭》）这是风情，这种力量是从感情传达出来的，是诗人的感情使你感动的。

那什么是风骨？风骨是说它的感发的力量是从文章的结构传达出来的，就是从句法、章法传达出来的力量，这个是风骨。那什么是风容？它的感发的力量是从它所写的形象，“容”——image、形容，是从它所写的形象传达出来的。因为谢灵运的诗都是写山水、写景物的，所以这是形象、image，是landscape，都是形象，谢灵运的诗给人的感发的力量正是从这些景物的形象传达出来的，所以叫做风容，像他的“蘋萍泛沉深，菰蒲冒清浅”（《从斤竹涧越岭溪行》）、“岩下云方合，花上露犹泫”（同上）等。“谢客风容映古今”其中“映”是照耀的意思，他所写的山水景物形象的美好，带着很强的感发力量，写得这么美，它的光彩是照耀古今的。

“发源谁似柳州深”，前面讲谢灵运，现在就来讲柳宗元。因为柳宗元晚年曾经做过柳州刺史，所以人称他作柳柳州。考据柳宗元的诗风的源头，元遗山认为是从谢灵运诗发源的，是受了谢灵运的影响的，“发源谁似柳州深”，谁能够和柳宗元媲美？因为他的源头是从谢灵运那里来的，而谢灵运的诗是照耀古今的，所以“谢客风容映古今，发源谁似柳州深”。前两句说柳宗元是模仿谢灵运的，他们两人有一个同样的源头：从外表来说是风容，是他们所写的山水景物这些美好的形象。

第三句是总和两个人来说，那么谢灵运跟柳宗元两个人共同的特点是什么？是：“朱弦一拂遗音在，却是当年寂寞心。”这是说他们的诗歌外表都是风容的美，可是他们主要表现的内容都是一份“寂寞心”。这就如同是弹琴一样，琴的弦都是涂有朱红的颜色，“朱弦”是极言琴弦的美，那么美的琴正好像外表的风容及诗歌中山水的美。“拂”就是弹，用手指弹，弹琴如读诗，把他们这样美丽的诗一读，“朱弦一拂遗音在”，他们留下的声音在那里。中国有种说法叫“知音”，即懂得对方弹琴时弹出的声音传达的是什么情意。我们以前也讲过俞伯牙跟钟子期的故事：伯牙弹琴，钟子期一听，说现在弹的这个曲调是表现高山的巍峨；然后伯牙再弹一个曲调，子期就说现在弹的曲调是表现流水的潺湲，所以钟子期叫知音。知音者，不是说只是简单地知道音乐的1234或者音调、音符，是说你透过了声音而知道了弹琴的人他的内心真正传达的是什么样的感情，这个才叫知音。元遗山说谢灵运跟柳宗元的诗“朱弦一拂”时，你发现他的遗音留下来的是什么？真的是什么样的心情？——却是当年寂寞心。他们两个人所传达的，都是一份寂寞的心。就是说没有人知道，没有人了解他们这样的一份心，没有一个共鸣的心，在宇宙之间找不到一个知道你、了解你的人，所以是寂寞心。还有，在中国所说的这个寂寞呢，还包含不得任用的意思，中国古代的读书人都有一个理想意念希望实现，像我们以前讲过，晋朝的左思就曾说“铅刀贵一割，梦想骋良图”（《咏史诗八首》），李白说“天生我材必有用”（《将进酒》），可是没有人了解，没有人任用，这就是文人的寂寞心。那么柳宗元的寂寞心究竟是怎样的？我们接着就来仔细讲一下。

要了解一首诗，我们还是说中国的传统，因为中国的传统说诗是言志的，一般写诗、作诗的人主要地把自己的心志理念，就是他内心的感情思想表现在诗里面，所以在中国讲诗，你要讲一个诗人，一定要大概对这个诗人有一个认识，你才知道他诗里边反映的是什么。

当然，在这里我要说的一点是，有的诗人生平我们介绍得比较仔细，像杜甫，因为他的诗是他整个经历遭遇的反映，否则就没有办法讲他的诗了，但是如果我们讲韩愈的《山石》，就不用去仔细讲韩愈的生平，因为这首诗只是写眼前见的景物，如庙啊、山啊，不过是一些“时见松枥皆十围”“芭蕉叶大栀子肥”之类的描写，虽然感觉很锐敏，但是与他内心的经历和人生遭遇并没有很紧密的联系，所以我们就可以不用讲作者的生平。可是柳宗元的诗不然，柳宗元的诗跟他的经历遭遇有很密切的关系，所以我们先来看看柳宗元的身世。

柳宗元先世的地位是很高的，直至他的伯曾祖父在朝廷里受到当权派的打击、被贬官贬到很远的地方后，其家道才逐渐中落下来。他的父亲柳镇也曾经被贬到四川的夔州，就是杜甫诗“夔府孤城落日斜”（《秋兴八首·其二》）所写的那个夔州。柳镇被贬官的时候，柳宗元已经出生了，所以他小时候就曾经随父亲辗转各地，对于民间的疾苦是十分了解的。柳宗元又是柳家的独子，柳家以前的门第曾经显赫过，后来中途没落了，所以家人就对他的期望很大，希望他能够重振家风。柳宗元在二十多岁时就考中了进士，据韩愈《柳子厚墓志铭》记载，此时“众谓柳氏有子矣”。即大家都这么说：“柳家现在真是有一个好的后代了。”由此可以看出他们家里对他的期待和盼望以及他当时出色的表现。韩愈还说柳子厚非常有才气，每当他跟人谈论起他的政治理想时总是“踔厉风发”，“踔”是跑得很快、踏得很高的样子，“厉”是很强、很有力量，“风发”就是说很能感动人、很有风采的样子。于是，“诸公要人皆欲令出我门下”，当时当权的要人就都想把这个有才干、有希望的年轻人收到自己的门下来。所以说柳宗元年轻时是很有前途的。

柳宗元做官的时候是在德宗跟顺宗时期，此时唐朝的政治有什么样的弊端呢？当时有一种宫中定的办法叫做“宫市”，“市”就是做买卖，替皇帝、替朝廷、替宫中来买东西的。宫市的不合理就是采买人看到东西好，想给多少钱就是多少钱，百姓根本没有办法跟他争价钱，而且后来发展到连钱都不给，叫做“白望”，白望是看一看就拿走，根本不给钱，所以就养成这样一种封建官僚腐败的恶习。还不止是如此，皇帝做久了，一般不但政治上昏庸，而且比较淫纵，喜欢享乐，所以他们就在宫中养了“五坊小儿”。坊就是区域，area，唐朝时把长安城划分为好几个区域。五坊是什么呢？据《新唐书·百官志》载：“闲厩使押五坊，以供时狩：一曰雕坊，二曰鹘坊，三曰鹞坊，四曰鹰坊，五曰狗坊。”这五坊就是豢养供皇帝戏耍取乐的动物的地方。我们讲初唐王勃的时候曾经提到过，有两个prince——王子斗鸡，唐朝许多王公贵族都喜欢这种娱乐，于是这些习惯就一路传下来。凡是给上面当权派做事情的人就会倚仗人势，作威作福，所以这些五坊小儿就在邻里之间横行。比如他替皇帝捕鸟雀时，就在店铺前跟主人要钱，还不是白望，是他跟店主要钱，店主要不给他钱，他就在店门口张一个网罗，他说现在是给皇帝抓鸟，店里人不能出入，出入就会惊动皇帝的鸟雀。这都是完全不合理的事情。

德宗以后就是顺宗，当顺宗还是太子的时候，有一个伴读，要知道中国古代的传统，凡是贵族家庭的年轻人在私家学校读书的时候都要有一个伴读，因为一个人念书没有意思，要有人陪着才有意思。当时的太子伴读叫王叔文。王叔文不是正途出身，没有考中过进士，而且是平民，不是贵族家庭出身，所以才给太子做伴读。王叔文下棋下得很好，很得太子的宠爱，不但如此，因为王叔文出身底层，所以他常常给太子讲民间的疾苦。有一次德宗过生日，顺宗作为太子就送给德宗一幅佛像画，可是上面还未题字，当时德宗就叫一个翰林学士（翰林学士文笔都是很好的）韦执谊给佛像写一篇赞。写了像赞以后，太子就给了他一些赏赐。之后德宗就下命令，说你应该到东宫去给太子道谢。你要知道平时大臣是不能和太子随便来往的，因为古代的帝王父子之间夺权夺得很厉害。于是翰林学士韦执谊就领了德宗的命令，来到东宫谢太子。因为太子平常跟这些大臣没有往来，一旦见面了就没有话好说。但由于太子平时跟王叔文很亲近，对王很熟悉，所以他无心地对韦执宜说了一句话："你认识王叔文吗？这个人的才干不错。"这太子不过是随便说了一句，而韦执谊却出身于仕宦人家，是专门做官的，一听这句话他就想，德宗已经老了，他死了就是太子继位。现在太子赞美王叔文，那将来他做了皇帝，王叔文不就要掌权了？所以他马上就来联络王叔文，于是两个人交谊越来越好。果然顺宗一继位王叔文就掌权了，之后由于韦执谊跟他关系很好，于是也做到了宰相。王叔文是比较有政治才干，希望改革当时弊政的，所以他就引用了柳宗元、刘禹锡还有韩泰等八人，都是很好的人才，之后马上就把宫市、五坊小儿给罢掉了。当时顺宗的年号叫做永贞，这就是唐朝很有名的"永贞革新"。

这些改革还是小事一段，他们最大的目标是削减宦官跟藩镇的权力。因为唐朝自从肃宗以后宦官专权，在安史之乱时，皇帝派军队出去打仗都要派宦官做监军，这些人往往会扰乱军政；而藩镇就是各地方的节度使，他们本来都应该是由皇帝任用的，可是肃宗以后，节度使离开或者死后，他下面的僚佐或是他自己的儿子就争取到这个位子，做起节度使来了，朝廷对他们无可奈何。这样地方节度使的权力就越来越大了，而且节度使之间彼此不是有争执就是有叛乱。所以宦官跟藩镇专权就成为唐朝特别是中晚唐以后最大的两个弊病。宫市、五坊小儿这些小事情改革以后，下一步的大棋就是削减宦官跟藩镇的权力。要削减他们的权力，最重要的是夺取兵权。可是宦官、藩镇这些有权的人能够老老实实把兵权交出去吗？当时的四川主要分成三部分：剑南道西川、剑南道东川与山南西道（合称三川）。有一个叫韦皋的节度使就说了，我要同时兼领三川。那王叔文肯定认为这是不可以的，不能让节度使有这么大的权力。于是韦皋就说，你不答应我就要你好看，所以当时这些节度使就联合起来攻击王叔文跟韦执谊这些人。因为王叔文、韦执谊改革弊政时一下子就引用了八个人，所以攻击者们就说他们是结党专权乱政。而信任他们的皇帝顺宗中风了，外面的军阀和宫里的宦官相互勾结，逼迫皇帝下诏，说我有病了，要辞去皇帝的位置，让太子继位。他的儿子就是宪宗。宪宗不喜欢父亲的臣子，因为他们总是觉得跟皇帝的父亲是一辈的，不大容易接受新皇帝的控制，所以历来都是皇帝一换代，大臣就跟着换代。所以宪宗继位后不到一年的时间，宦官重又得势以后，王叔文被赐死，柳宗元、刘禹锡、吕温等一共八个人都被贬出去了，贬到荒僻的外州去做司马，就叫作“八司马”。

柳宗元去做司马的地方就是永州（今湖南永州），这地方山水是不错的，可是当时还很荒僻。司马是刺史下的一个属官，自己什么政治理想都不能表达的，让你干什么你就干什么。柳宗元在永州生活很不如意，他的妻子不久前去世了，而且没有孩子，同时又没有兄弟，所以他是孤独一个人，无妻无子，孤苦伶仃。当这些打击都打在他身上时，他非常压抑和痛苦，同时身体又有疾病，没有解脱的办法。当然他并不甘心陷在痛苦之中，希望能从挫折痛苦中挣扎起来，所以柳宗元就曾经尝试用游山玩水来安慰自己，排遣忧伤，像欧阳修被贬官时就到外面游山玩水，说："行到亭西逢太守，篮舆酩酊插花归。"（《丰乐亭游春三首》）春天欧阳修出去看花赏花，喝酒喝得很醉——"篮舆酩酊"，甚至头上还插着花，于是"插花归"。"篮舆"是他坐着一个小轿子，"酩酊"是喝醉的样子，头上还插着花。同时他还有《醉翁亭记》写滁州的山怎么样美，水怎么样美，四时的景物怎么样美，人民老百姓怎么样好，这就是欧阳修的排遣办法。苏东坡也仕途不顺，曾被关在监狱里边几乎被杀，后来又被贬到海南岛去，连住的地方都没有，但是苏东坡活下来了，因为他既有遣玩欣赏的兴致，还有对于盛衰变化的通达超然的看法，所以他是真正的超然旷达。与柳宗元一起被贬的刘禹锡也有通达的看法，所以他活到七十多岁。而柳宗元比李白、杜甫都活得年岁少，四十六岁就去世了。

当时柳宗元所做的就只是偶尔出去游山玩水，想借山水来摆脱内心的痛苦。所以他在永州所写的山水游记和诗歌都有一个特色，跟王维、孟浩然、韦应物是完全不同的。这个特色就在于当他写山水游记或者诗歌的时候，表面上是写赏玩山水而且有的时候故意要写得冷静、超逸，要摆脱，但他并不是真的冷静，也不是真的超逸。这可以从他写过的一封信中看出。他给从前在朝廷的朋友李翰林名叫"建"的人写信时说："时到幽树好石，暂得一笑，已复不乐。"（《与李翰林建书》）他说，不错，我是常常去游山玩水，有的时候到了有很美的树和有很美的山石的地方时，我也会"暂得一笑"，觉得这个山水也是很美的，从中得到一点快乐。但是快乐只是暂时的，为什么？譬如“囚拘圜土”，好像一个囚犯，被关起来了，周围都是土墙。然后偶然间天气和暖的时候，囚犯就“负墙搔摩，伸展支体”。“负墙搔摩”是因为犯人没有椅子可坐，都是坐在地上，背都靠着墙，同时监狱的犯人没有条件洗澡啊，身上就长了虱子，很痒，于是就搔抓虱子。“伸展支体”，就是偶然活动活动。然而，“顾地窥天，不过寻丈，终不得出，岂复能久为舒畅哉”（同上）！可是毕竟是在监狱里面，你看一看天，看一看地，不过八尺十尺，“寻”是八尺，“丈”是十尺，在这么一点小地方关着，生活能够长久地欢乐吗？所以他表面上是借着山水来表现冷静和超脱，但是其中有着很深的痛苦。

我们还可以从他的《祭吕衡州温文》来进一步认识他的这些痛苦，这是祭吊同时被贬出去的吕温：

> 呜呼天乎！君子何厉？天实仇之；生人何罪？天实仇之。聪明正直，行为君子，天则必速其死。道德仁义，志存生人，天则必夭其身。

他说我们这些人，真的有政治理想的，想为国家做点贡献、为人民做事的人，却遭遇到这样的不幸，被贬到外边还不说，而且很早就死了。他说：

> 佐王之志，没而不立，岂非修正直以召灾，好仁义以速咎者耶？……贪愚皆贵，险很皆老。

那些贪赃枉法的人反而高官厚禄，心里险诈狠毒的人却活得那么长寿。接着他又说：

所恸者志不得行，功不得施，蚩蚩之民，不被化光之德；庸庸之俗，不知化光之心。斯言一出，内若焚裂。海内甚广，知音几人？

前面说的是和自己同病相怜的吕温，下面的《寄许京兆孟容书》则说他自己：

残骸余魂，百病所集，痞结伏积，不食自饱。或时寒热，水火互至，内消肌骨，非独瘴疠为也。

这是他的肠胃有毛病的缘故，因为南方有瘴疠之气，他得了疟疾，所以：

今抱非常之罪，居夷獠之乡……恐一日填委沟壑，旷坠先绪，以是怛然痛恨，心肠沸热。茕茕孤立，未有子息……立身一败，万事瓦裂，身残家破，为世大僇。

妻子死了又没有子息，自己又受到这样的贬谪，而且身多疾病，家破人亡，什么都没有了，所以“为世大僇”。“僇”是耻辱，他说，这是我莫大的耻辱。

柳宗元在永州住了有十年之久，元和十年（815），唐宪宗把这些被贬的人都召回来了，本来柳宗元很高兴，认为可以回到朝廷实现自己的政治理想了。可没有几天的时间，他们就再度被贬了，他被贬作柳州刺史。唐朝的版图中，全国的州都是按等次分的，有上州、中州、下州，就是上等、中等和下等的州，像韦应物做刺史的江州和苏州都是上州，“上有天堂，下有苏杭”，之前柳宗元被贬的永州位于湖南属于中州，柳州呢，比永州还不如，位于广西的少数民族所在地，当时那里的一切文明建设都没有，近于原始。而柳宗元在永州的时候是司马，是刺史下面的属官，他根本没有政治作为。现在来到柳州做刺史，柳州是很荒僻的、不开化的，文化是低落的，而且据柳宗元记载，当地的人民很迷信，生病不看医生，从来没有教育和读书。而且当地没有水，就像电影《老井》里边，人要打一点水要走好远的路，到江边打水回来。所以柳宗元来了以后，为他们凿井，而且给这些完全没有什么法律和政治概念的柳州人以教育。他因人施教、因风俗施教，利用他们的迷信，在庙宇里边假借着迷信的力量来传播他的教育，所以柳宗元对于柳州是花费了一番心思的。后来人民接受了教化，开始读书，广西附近的这一地区的人都来跟柳宗元学习，据韩愈说“其经承子厚口讲指画为文词者，悉有法度可观”（《柳子厚墓志铭》），求他指点的人都写得不错。所以说，柳宗元是一个真的关心百姓的、真的有政治理想的人。

可是就是在这样痛苦的环境之中，一个人还能够做些什么？政治仕途上不能有所作为了，我们说太上有立德，其次有立功，而这两者都不成了，所以再其次的就是有立言了，于是他说：

> 仆近求得经史诸子数百卷，尝候战悸稍定，时即伏读，颇见圣人用心、贤士君子立志之分。著书亦数十篇，心病，言少次第，不足远寄，但用自释。贫者士之常，今仆虽羸馁，亦甘如饴矣。（《与李翰林建书》）

近年来他在这么荒僻的地方，还能找到书，有经史诸子的几百卷，于是“尝候战悸稍定”，他不是得了疟疾嘛，等打摆子打过了，会有中间的一段时间，“时即伏读”，他说我就赶快伏案来读书，并且我在读书的时候真的体会了圣人君子的用心、贤士们的立志、本分。同时他著书立言，写了很多有理论性的文章如《天论》《封建论》等；还有就是柳宗元发展了寓言，像《黔之驴》和《临江之麋》这一类的文章，都是借着动物的小故事说明道理，类似于西方的《伊索寓言》；同时他还写了传记，如《种树郭橐驼传》《捕蛇者说》，不但反映了很多民间生活的疾苦和当地的风俗，而且提出了他的政治理想。

所以说柳宗元真的是一个有政治理想、有思想又有理论的人，同时他又极有热情，关心人民和国家，以他多病衰弱的身体为柳州的人民做了那么多的好事。所以当他死后，柳州的人民很怀念他，就在罗池这里给柳宗元立了一个庙来纪念他。

我们以前屡次地说过，诗人作诗是情动于中而形于言的，那每一个诗人的好诗里面都有这种情动于中的一种感发的生命，这种感发的生命一定是外在的物与内在的心相互接触而引发的内心的感动，所以说一个人有关怀才是最重要的。朱自清先生的《唐诗三百首指导大概》中说诗是善于感发人的心灵的，能让人有一种“不死之心”，有一颗同情和关怀的心，不但是对于现代的人有一颗同情关怀的心，对于古人也一样。所以读古诗的时候也能够设身处地进到诗人所处的环境中，像辛弃疾的“落日楼头，断鸿声里，江南游子”（《水龙吟·登建康赏心亭》），读者要能真正感受到辛弃疾所感受的。孔子曰“诗可以兴”（《论语·阳货》），诗可以让人心灵不死，让人去同情、去关怀、去感发。可是这种感发的心一定是有厚薄、深浅、大小之分，不同人之间其感情的力量、感情的生命、感情的本质是有不同的。

我们要对柳宗元的感发的心有一个认识，现在就要看他的几首诗了，首先是他被贬官到永州时所写的《溪居》：

久为簪组累，幸此南夷谪。
闲依农圃邻，偶似山林客。
晓耕翻露草，夜榜响溪石。
来往不逢人，长歌楚天碧。

题目是“溪居”，“溪”指的是愚溪，愚溪是柳宗元给它取的名字，柳宗元以为做人应该愚一点，中国古话说大智若愚，我们上次在讲杜诗，讲韩愈、白居易的诗的时候，都曾经提到过清朝的词学批评家况周颐提出的“重、拙、大”（《蕙风词话》），“拙”是真的意思，很多人都以为机智是聪明，认为你总是跟别人分辨利害，一天到晚地斤斤计较，以为这样才是聪明，其实这是世上最浮浅、最浅薄的一件事情。所以凡是好的诗跟词都说要“拙”，就是真朴，不是只在那个雕章琢句上下功夫，文字上写得漂漂亮亮的就算好。诗跟词都是要从你的内心涌发出来，不是在那里斤斤计较、雕琢修饰、涂涂抹抹。不但作诗作文章如此，做人也是如此，不需要跟人家斤斤计较。主要的是在自己，你不用管人家得了九十分，而你只得了八十分，关键是你有没有尽到自己的力量，就是说你应该尽己，有一种自己的持守，你只要把持住你自己的一个重心。大智若愚，从哲理上讲这个“愚”是好处，而且看柳宗元用这个“愚”字，还有另外一个意思，因为柳宗元在唐朝的党争之中属于失败者，因此他把这个溪水起名作“愚”，不但是有一种哲学智慧的意思，还有一种自我嘲讽的意思。

愚溪在哪里？在永州，作者被贬谪的时候曾经就在这条小溪边居住过，柳宗元后来死了，刘禹锡曾经写过《伤愚溪》的诗，就是悼念柳宗元的一首诗。

我们已经屡次地说过诗歌好坏的判断，主要是在于它里面要含有一种感发的生命，这种生命就是外在的物与内在的心相接触的时候，引起来你的一种内心的感动，所以说写诗是“情动于中而形于言”。那么外在的事物，不止是说你眼睛所看见的景物，当然这个也是使你引起感动的一个原因；那还有就是，你的经历，你遭遇到了一些不幸的事情，那么这时如果外在世界中的叶子落了，都会引起你的伤感，那么自己身上发生的悲欢离合当然更能使你感动了。

而且每一个人内心原来的资质也是不一样的，同时在这种接触之间所发出来的感应以及诗人感应的态度也是不相同的，所以才有作品风格的不同。

上次我们简单介绍了柳宗元的生平，讲到永贞年间的革新，后来革新失败了，柳宗元在这一次政治斗争之中所受的伤害最大。前两天有个同学跟我讨论人生经历的幸与不幸的问题，我说有的人经历的不幸要多一些，有的人却没有经过什么大的不幸，只经过很小的不幸。因为每个人的本质不同，所以有同样的遭遇时各人受到的伤害也是不一样的。

柳宗元跟刘禹锡都是在这一次受到挫折，但是他们两个人受到伤害的程度不一样。刘禹锡的伤害少一些，就是因为他对于盛衰的变化有一种通达的看法——一个人不是永远顺利的，我现在虽然受到挫折，没有关系，你们现在兴盛，将来你们也许会衰败的，那我现在衰败，将来也许能够会恢复的。他不止看到眼前的一点，刘禹锡对于盛衰变化有一个完整的通观，所以他的诗里边喜欢写关于历史兴亡的东西。而柳宗元就没有这种通达的看法，所以一个打击下来了，就整个地都打在他的身上，他却没有解脱的办法。当然每个人也不是说甘愿陷在痛苦之中，每个人都希望能从挫折伤害之中挣扎起来，柳宗元也试过。他的挣扎，我前面说了，是尝试以山水自慰，就是尝试用游山玩水来安慰自己，也就是说用一种排遣。你不要把这些忧愁都集中在你身上，你把它们都排远，“遣”，就是我们说的消遣、遣玩和欣赏，像苏东坡那样的，他说我现在眼睛都花了，我看不见外面春天的这些美景、这些花草，没有关系，他说我可以“无数心花发桃李”（《独觉》）。欧阳修也是如此，这些我们以前都讲过了。那么柳宗元经过了自己的一番挣扎和努力，可是最终还是没有得到解脱，他整个的真正的内心还是充满了伤痕，还是非常悲哀而且也非常痛苦的。

我们知道《溪居》正是柳宗元被贬官到永州，最痛苦最哀伤的时候所写的，可是他在诗里写了些什么？果真是他那种内心的真实表白吗？我们现在就来看一下。“久为簪组累，幸此南夷谪。”你一定要了解，这是他说的反话，是他希望做而没有做到的。“簪”是头上插的头簪，“组”是身上绑的一条带子。“簪组”是什么？是做官的人所穿的衣服。那我们上次也讲过，柳宗元除了他的性格不能够经受打击以外，还有就是他家里边给他的心理负担很重。因为大家把振兴家族的责任都加到柳宗元的肩膀上了，很多人都认为他应该努力，应该奋发，应该光宗耀祖，这给了他很大的压力，所以对于仕宦他本来是相当积极的，很早就希望有一番成绩和作为，可是他现在却说我很久就被“簪组”——做官的事情，“累”是拖累，被做官拖累了，那是很不自由的。做官当然是不自由的，所以他说“幸此南夷谪”。柳宗元是被贬在永州，这个地方在唐朝时文化还不大开化。“南夷”，“夷”是蛮夷，荒蛮的不开化的地方；“谪”是贬的意思。现在他说“幸此”，来到这样遥远的南方的蛮荒的地方，他反而觉得是很幸运的，但这不是他的真话。当苏东坡说我眼睛虽然花了，我心里有花开了时，苏东坡是真的这样想的，他自己真的有这样的修养，是真的达到这样的境界了。但是柳宗元不是，他是咬着牙说出来的。“久为簪组累”，我是“幸此南夷谪”。

“闲依农圃邻，偶似山林客。”因为他在永州是做州刺史底下的一个属官，不用负担重要的政治责任的，所以他说“闲”，没有事情的时候，他就“依农圃邻”，“农”是种庄稼的，“圃”是种菜的。他说，我就靠近那农田菜圃跟他们结成邻居了。他说我也在永州游山玩水，我们上次提到的他在永州写过八篇游记，是唐宋古文之中很有名的，叫做《永州八记》，虽说表面上都是写山水的美丽，但其实都写得非常悲哀。“偶似山林客”，我偶然也像山林隐居的人那样去游山玩水，可是当结合他的书信来看时，就能知道他游山玩水就跟囚犯出来放风一样。“晓耕翻露草，夜榜响溪石。”他说，早晨的时候我也和这些农夫一起去耕田，“翻露草”，种地的时候都是要翻土的，先要把土翻了才能撒种子。而地上都长着草，草上都有露水，要把带着露水的草的土翻过来。有的时候我夜里边游山玩水就坐着船，“榜”就是一种划船的工具，是一种船桨，他说我拿着桨来划船，“响溪石”，在充满了山石之间的流水上，这个船漂过去，就听到那哗啦哗啦的水响。“来往不逢人，长歌楚天碧”，表面上是写他游山玩水的逍遥自在，他说我来往都不会遇到闲杂的人，逍遥自在。

有人就会说，你是跟人家在一起还是一个人在一起，怎么样快乐？有人说我以前喜欢和别人一起去看电影的，现在更喜欢自己一个人去看电影，可以集中精力，体会得更深，所以你可以有各种不同的层次、各种不同的境界。在他这里，表面上是好的意思。像白居易说的，你看见别人都买牡丹花了你也要买，人家有钱爱买多少买多少，你没有钱你就不买，你说别人都奇怪我怎么没有花呀，这就是“为人”。一个人不管你读书还是做什么，都要“求诸己”而不要“求诸人”。你内心之中有一种真正的自我充实的感觉，你不要用外在的东西来填充你，不是说你买了花你自己就真的充实了，也不是说你得到某一个官位你就充实了，你买到一个值钱的珍宝你就充实了，不是的。充实与不充实，都在你自己。所以你如果真是自我充实了，就是韩退之说的，是“足乎己无待于外”。

韩退之不是写古文吗？韩愈写过一篇文章是专门讲道的，叫作《原道》。“原”，是推究它的根源。中国常常说“道”，孔子也说“道”——“朝闻道，夕死可矣”（《论语·里仁》），老子也说“道”——“道可道，非常道”（《老子》）、“天下有道”（《同上》），那“道”究竟是什么呢？所以韩愈就说了：“博爱之谓仁，行而宜之之谓义，由是而之焉之谓道，足乎己无待于外之谓德。”（《原道》）就是说你心里面有博爱的心，关怀外在的人世，有广泛的同情心，“博爱”之心，就是仁的心。“行而宜之”，你所做的每一件事情都是适当的，都是合理的，“行而宜之”就叫做义。“由是而之焉之谓道”，你有仁的心，你做的事情有义的表现，你就按照这条路走下去，那么这就是道。你走这条道路的结果，就是内心果然感到一种充实了。“足乎己”，内心真的有一种爱，“无待于外”，你不再盲目地追求外在的满足了，不是买几朵牡丹花，不是说追求官吏禄位，不是说得到什么珍奇宝物，那就叫“德”。这是韩退之对于中国所说的仁义道德的一个最简单的解释。总而言之，如果你果然是“足乎己”了，那“来往不逢人”真是很好的一件事情。和外界没有什么关系，因为你根本不需要外在的一些赞美和影响，所以你有一种自得，于是“长歌楚天碧”，你就可以放声高歌了。

孔子说“君子不忧”，你如果真正是一个君子，你就不会负担这么多忧伤和烦恼。为什么呢？孟子说“仰不愧于天，俯不怍于人”（《孟子·尽心上》），孔子的“内省不疚，夫何忧何惧”（《论语·颜渊》），都是这个道理。不用管你外在的遭遇是什么、有多么不幸，只要你平生没有做过对不起天地跟人的事，我仰起头来无愧于上天，我低下头来不愧于所有的人，我没有做过任何对不起天地良心的事情，“内省不疚”，我向内反省我自己，我没有“疚”，“疚”就是罪恶的感觉，我有什么可以忧伤、可以值得畏惧的？孔子还说过：“君子坦荡荡，小人长戚戚。”（《论语·述而》）因为君子的内心是坦荡的，你自己按照你应做的道理去做。至于那些无可挽回的事情，孔子说“五十而知天命”（《论语·为政》），“知其不可而为之”（《论语·宪问》）。我不是说我知命以后，反正都有命，我什么都不用干好了，我如果不该饿死的话，我什么都不干也饿不死。不是这个意思。所谓知命者，是有些事情的发生是你无可奈何的，是你尽了最大的力量也无可挽回的，你知道有这样的事情。或者给你这样的打击，你知道这是你无可挽回的，但并不是说你就不做了，是“知其不可而为之”。我就是知道这些事情是无可挽回的，可是我应该要做的事情我还是要做的，就算最后落得个失败我也要做下去，而且我无忧无惧地做下去，“天行健，君子以自强不息”（《易经·乾卦》）。有这样自得的精神不是坏事。

柳宗元说“来往不逢人，长歌楚天碧”，尤其是在湖南，那是江南的地方。有人问我，说什么叫做“沧浪”？沧浪是江水青绿的颜色，本来是指这样的水，凡是很清澈的江水都可以说是沧浪的水。有人说沧浪就是在楚地，沧浪可以特指一条水，是楚地的一条水，也可以泛指，凡是那清澈碧绿的水都可以是沧浪。楚地不但水是好的，天还是青的，所以大家常常说楚天，辛弃疾的词说“楚天千里清秋”（《水龙吟·登建康赏心亭》）。你们知道南方的天空跟北方的天空不一样吗？大家坐火车南北旅行，发现南方的山跟北方的山不一样，北方都是黄土山，光秃秃的，南方青山绿水，山水不一样，天也是不一样的。我小的时候在北京，说今天下黄土，真的下黄土，不是下雨下雪，刮一阵风，地上马上起一层黄土，天都是黄的。所以杜甫写中国的北方，他说：“陇草萧萧白，洮云片片黄。”（《寄彭州高三十五使君适、虢州岑二十七长史参三十韵》）陇上的草，冬天都是惨白的颜色；在中国的西北洮河的上面，云彩他不说白云，而是黄云，因为里面都是黄沙。所以楚天，南方的天，没有这些air pollution，也没有这些黄沙，是这么宽阔的、碧蓝的天空。虽然天是很美的，但同时也是让人感觉到寂寞的。所以周邦彦有一首小词《浣溪沙》里说：“楼上晴天碧四垂。楼前芳草接天涯。劝君莫上最高梯。”“涯”字在这里押韵念yí，楼上的晴天是“碧四垂”的，上面是一望无际的天空，而楼底下呢？楼前的芳草是“接天涯”的，底下是一碧无际的芳草，可是就是在这上面的无尽碧天和下面的无穷芳草之间，这个人才孤立地突出来，才显出登楼的人在两者之间的那种寂寞。所以说，柳宗元“来往不逢人，长歌楚天碧”之中，表面上是表现了一种自得，好像是说我虽然是在寂寞地生活，我是“幸此南夷谪”，我觉得这里很好、很美，天这么开阔，可是其实他的真实情况是，他不是真正地开脱，把烦恼排遣掉了。柳宗元的诗总是有一种哀伤在里面，所以“来往不逢人，长歌楚天碧”是在写他自己的寂寞。

下面是我曾经让大家准备的诗《雨后晓行独至愚溪北池》：

宿云散洲渚，晓日明村坞。
高树临清池，风惊夜来雨。
予心适无事，偶此成宾主。

这首诗我们不详细讲了，我只讲它最后的两句：“予心适无事，偶此成宾主。”他说我来到愚溪的北池，我们说过柳宗元游山玩水是想借以自慰，想要排遣忧愁，但他没有真的做到，所以他说我的内心，“适”是恰好、恰逢，说我的心今天恰巧没有什么烦恼，偶然在这里，“此”就是指的这里，愚溪的北池的这个有山水的地方，我偶然在这里成为宾客，可是山水是不走的，它是永州当地的主人。我来到这里，偶然因它而得到的一点欣赏、一点快乐，我是暂时的。就是说因为柳宗元借着山水来自我安慰，他就算偶然得到一点快乐，是短暂的。因为人的快乐不快乐不是完全外在的，是在你自己的。

刚才我说了，孔子说“君子不忧”“内省不疚”，难道烦恼不幸的事情就不会加在君子身上？虽然外在的东西是自己无法控制的，但是一个人所能够把握的却是自己的内心，所以说凡事只求问心无愧，而且一定要得之于己，这样才能够长久保存，得之于外的，那是片刻之间的、永远不能够长久保存的，是会消失的。连宗教上都是这样讲，宗教不只是说迷信，说我只相信一个阿弥陀佛就上西天了，我一找到耶稣就上了天堂了，不是的。宗教要引起你的一种灵性上的觉悟，这才是真正属于你自己的。有些人今天去拜佛，明天去拜耶稣，老是惶恐不安的，因为他自己内心没有平静。以前有个讲道的人就说了，这就如同你口干的时候，你到外面去喝了一口水，可是等一下你又口干了，也许今天给了你一杯水，明天给了你一壶水，你说不错这次可以解渴了，可是一壶水完了呢，你不是又渴了吗？所以传教的人说，你要使你的内心涌出水来，这个水是从你的内心涌出来的，所以你永远也不会渴。道理都是相通的，这是人类本应追求的普遍的一种修养。那么，柳宗元就算是在山水之间得到一点安慰，那也是短暂的，是片刻的。因为他内心之中没有水，因此他说“偶此成宾主”，他说的是对的，只是偶然这个山水是主人，我在这里做它的客人，得到片刻的、眼前的看山看水的这些安慰而已。

这是柳宗元一方面的诗。柳宗元可曾真的写到他的真感情的呢？那就是上次我请同学所念的其他的那几首诗，现在我们看其中的《登柳州城楼寄漳汀封连四州》：

> 城上高楼接大荒，海天愁思正茫茫。
> 惊风乱飐芙蓉水，密雨斜侵薜荔墙。
> 岭树重遮千里目，江流曲似九回肠。
> 共来百越文身地，犹自音书滞一乡。

“漳汀封连四州”就是当年贬出去做司马的那八个人里面的四个人。柳宗元等八个人自从顺宗永贞元年因参加王叔文的政治改革失败而被贬谪，十年以后，也就是宪宗元和十年，宪宗把这些人都召回来到京城长安，之后又贬出去了。这一次不是做司马，而是远州的刺史，也就是漳州、汀州、循州、连州四州。漳州刺史是韩泰，汀州是韩晔，循州是陈谏，连州是我们等一下要讲的刘禹锡。他之所以对这四个人直接表达自己的哀伤，是因为他们是同病相怜的。

他说：“城上高楼接大荒，海天愁思正茫茫。”他登上了柳州的城楼，怀念他的四个朋友。柳州的城楼是高楼，因为柳州是在广西，很荒远的地方，你向远处一望，他说望出去的是一片荒芜的地方，没有什么文化，没有什么建设，交通来往也不方便，所以“城上高楼接大荒”，而且广西是近海的，所以他说“海天愁思”，无边的大海，无边的苍天，都是我的忧愁，所以他说“城上高楼接大荒，海天愁思正茫茫”。“惊风乱飐芙蓉水”，你要知道他眼前的景物难道不美？他说了，水上开的有芙蓉花，是水上的芙蓉，芙蓉就是荷花的一种。他说，但是我所看见的芙蓉，是很美丽的芙蓉吗？很快乐的芙蓉吗？不是，他说是“惊风”就“乱飐芙蓉水”，就是因为你内心的缘故，你对于外物的感受的反应就不同，所以我觉得水里的芙蓉花都被那惊风、强烈的风吹打，打得摇摇摆摆的样子。“密雨斜侵薜荔墙”，薜荔是一种可攀援在墙上的灌木。那很多的绿叶绿绿地爬在墙上也是很美的一种事物，可是他说“密雨”，密到一点空隙也没有的样子，就是说没有给你一点喘气的机会，没有给你一点躲藏的地方，这么密的雨斜着吹过来、打过来，还不是打在叶子上面，而是“侵”，一直打到叶子里边去了。

难道这里没有美丽的山？有啊，他说是“岭树重遮千里目”，有美丽的山，山上有那么茂密的森林，这应该是很美的风景，可是在我看起来，那重重叠叠的山岭、那茂密的森林遮住了我怀念亲友的远望的视线。并不是说我身体不能和你们在一起，我的眼睛想向亲友所在的方向看一看都是不能够的，视线被茂密的树木遮蔽了。眼前有流动的曲折的江水，如果你快乐，这江水也是美丽的，可是在我看来那是“曲似九回肠”，江水的曲折、千回百转，就跟我内心的千回百转的悲哀和思念是一样的。“共来百越文身地”，我们是一样的，都来到了那百越文身的荒远的地方。韩泰是漳州的刺史，漳州是现在的福建漳州市，（韩晔所在的）汀州在福建的长汀县，陈谏所在的封州是今天的广东梅州市，刘禹锡所在的连州即是今广东的连州市。秦汉的时候，管广东、福建一带叫做百越，唐朝的时候那里还非常荒远，是很多少数民族居住的地方。他说都来到这“百越”，这个地方的风俗是野蛮的、没有开化的，他们的身上都刻着那种花纹或者刺青，这是当地的野蛮的风俗陋习。“共来”，不是我们来到一起，而是你也是荒远我也是荒远，大家都在这百越文身的地方，如果我们都在柳州或者都在漳州或者汀州，虽然是荒远，我们几个人能够在一起啊，可是现在我们每一个人都分别贬在荒远的地方。“犹自音书滞一乡”，而且我们的书信不能够互相往来，“滞”是说被停留、被阻止，你的信不能寄到我这里，我的信也不能寄到你那里，所以我们都是在荒远的地方。这其中有两个原因，一个是交通不便利，当时那些荒远的地方，真的是交通不便利的，所以广东、福建才会有那么多方言，这个村子跟那个村子就隔一座山，两地方言都不一样，这是一种很悲哀的事情。所以共来百越文身地，我们还音书滞一乡。还有第二个原因，就是我们不能随便发牢骚，你要被发现了，就会被加上叛逆朝廷的罪名，那不只是贬官的问题了，说不定还要杀头呢。

我们常常说写诗，怎么样写诗才好？我们才讲过杜甫，杜甫在《秋兴八首》里边所写的是什么？是“波漂菰米沉云黑，露冷莲房坠粉红”，是“江湖满地一渔翁”，在《秋兴八首》里边杜甫把他忧国忧民的感情，用一种形象、一种艺术表现出来。杜甫年轻的时候，“穷年忧黎元，叹息肠内热”，那是直接叙述的。所以诗从来没有绝对的好坏，说一定要婉转地说才是好，直接说就不好了，或者说你直接说才是好，婉转就不好了。艺术从来没有绝对的一个标准，只要感情传达得好，你怎么样说都好。

我们下面就来看柳宗元写情写得很直白、但是却非常好的一首诗——《与浩初上人同看山寄京华亲故》。这里的“山”就是柳州附近的山，浩初是个和尚，上人是对和尚的尊称，是与浩初和尚一同看山，寄给他长安的亲戚和朋友：

海畔尖山似剑铓，秋来处处割愁肠。
若为化得身千亿，散上峰头望故乡。

这首诗充满了一种感发的力量。要写自己内心的痛苦，可以通过形象来写，而在写形象之间，就是我们说的microstructure（微观结构），如何能使你所用的字的品质把你的悲哀和痛苦传达出来呢？柳宗元这里就做得很好。“海畔尖山似剑铓”是非常有力量的。你干巴巴地说我现在很悲哀很痛苦，这样肤浅地去说当然不够，最重要的是你要做到情景交融，把你内心的感情跟外界的景物形象融会在一起，借着形象来表达。而这个形象之中，你用来形容的每一个字都会带着自己的力量。“海畔”是什么？荒原。“尖山”，这里他说的山是尖山，其实你可以用很多的字来形容山，可以说青山，可以说翠峦，可以说远山，什么都可以说，但柳宗元却说是尖山。尖山是要写它的锋锐，而这个锋锐还不只是要说山的锋锐，跟那个剑的尖一样。那他究竟要写的是什么？你要看到，接着下面的一句，他描写的那些个字的成分里边已经透露了他的感情——“秋来处处割愁肠”。每当秋天的时候，他说当我看到海上的尖山，我觉得每一个山峰都像剑铓一样刺到我的内心，都使我内心流血，是“割”，像割裂一样，是刺伤的、充满尖锐的伤痛，这是何等的悲哀！“秋来”一方面是季节荒凉，另一方面是那种迟暮衰老的感觉。我们在讲柳永的词的时候讲过，秋士易感，因为秋天是一年快要完了，人看到秋天草木的黄落，就想到自己生命的衰老，所以秋士易感，何况是柳宗元这样有政治理想、关怀国家的人也被贬到这么远的地方。同时“处处”两个字写得很好，每一个尖峰、每一个山尖都在刺伤了我的内心，痛苦是不论自己身在何方都会有的。

“若为化得身千亿”，“为”就是“是”，“若为”就是若是。他说假如我能够变化，那变成什么？不是说变作草木，而是让自己的身体能够化成千万个身体。我柳宗元是一个人，但是假如让我能够化身成千万个柳宗元，就像孙悟空拔根毫毛一吹，变出了几十万个孙悟空来，那么我也会“散上峰头望故乡”。我的每一个身体将都会站在山峰上遥望我的故乡，这真是一个人对自己的故乡思念到了极点！真是写得很好，你看他用的形象、感情以及他的想象“秋来处处割愁肠”“若为化得身千亿”，我也要“散上峰头望故乡”，真是写得悲哀沉痛，写得这么尖锐、这么有锋芒、这么有力量，这就是柳宗元。不久以后我们要讲李商隐，李商隐也有他的痛苦和悲慨，可是李商隐不是他这样外射、这样发扬、这样有力量，李商隐是很深沉的，很深隐的，是含蓄的，他那种痛苦的质量也非常深厚，但他用另外一种手法来写，我们以后会再详细讲。本来是讲柳宗元的山水自然诗，并且跟王维、孟浩然、韦应物做一个比较，跟谢灵运、陶渊明做一个比较。上面我们已经讲了他的抒情诗，知道他是一个内心隐藏了这么多痛苦的人，一个有政治理想的人。和李商隐相比，柳宗元的诗和感情都是比较有锋芒的，比较尖锐，比较强烈的。

同样遭遇了不幸，每个人的反应是不一样的，所以命运就不一样。命运还是有一半掌握在自己手里。柳宗元是一下子就被挫伤了，可是刘禹锡就没有一蹶不振，同样地被贬，十年后被召回长安后又重新被贬，而且他被贬到比柳宗元更荒远的地方，柳宗元还曾经请求愿替刘禹锡贬到更远的地方，因为刘禹锡有八十老母。柳宗元说我无父无母，刘禹锡被贬的话就和他老母两地悬念。可是刘禹锡没有像柳宗元那么早死，而且不但没有早死，还又回到长安做了很高的官，和后辈白居易等有诗文酬唱。这是因为刘禹锡有一种对于盛衰无常的通达的看法和历史观。

我说过诗歌里面有一种感发的生命，感发的生命是一种内在的，是你自己的心性、你的本质。还有就是外在的环境遭遇碰到你自己的心性本质的时候会让你产生一种感发，所以你的诗歌里的感发的生命是因为你自己的心性本质跟外在的环境遭遇结合在一起的结果。因为杜甫有这种博大深厚的心性本质，才会在安史之乱的遭遇之中写下这样深厚博大的诗篇。刘禹锡跟柳宗元两个人的诗都同时反映了他们被贬谪外界的遭遇，也同时反映了他们自己不同的心性。我们下一次就要讲到刘禹锡，大家可以做些比较。

（胡静整理）

中晚唐诗人之三

*

# 刘禹锡

我从一开始就提出诗歌的重要的质素是一种感发的生命，作者一定要有真正的感动，同时也要有足够的文字表现能力，能够引起读者的感动，这样的诗才是好诗，这是一个判断好坏诗的标准。我上个星期五接到以前教过的一个学生的来信，他是在我们这里念完博士就回到台湾去教书的，现在也在教中国古典诗词，他发现最困难的事情，就是怎么判断一首诗是好诗还是坏诗。你可以参考很多文学史，关于这些诗人的生平时代背景，以及他的诗歌的内容，然后加以比较，例如白居易同情人民生活的疾苦，杜甫也同情人民生活的疾苦，内容虽然都是一样的，可是他们的诗歌感发的生命的分量是不相同的。

这些诗人的诗一般说起来有很多体裁，五言、七言、古体、近体，很多种内容，可是因为时间不够，我们来不及做详细的介绍，对于诗人的生平等，我只能把重点和特色，把我所认识、所理解到的做简单的介绍。现在介绍刘禹锡也是同样的情形。

我们前面讲过柳宗元，知道柳宗元对于他生活上所遭受的不幸和挫折，没有一个处理、安排或者是解脱的方法，他的态度是直接承受，就是他把不幸和挫折完全担荷、负担在自己的身上，所以他觉得很沉重。他也曾经尝试去解脱，去游山玩水，可是他并不能够真的从内心得到一种快乐，他是一种暂时的努力去排遣，所以他最终是不能解脱的。我上次讲过，我想我还要加以补充，你说我从外边得到一点点的这种安慰，就像喝水一样，人家给你一口水，你当时解渴了，可是你不久马上就又渴了，这就是柳宗元所说看到美丽的山水，也可以得到暂时的安慰，可是就好像一个囚犯出来放风一样，他实际还是痛苦的。所以说，你内心要有自己的水，就不需要外界的水，我说过这是“自得”，可是一定要清楚一点，就是自得并不是只顾自己。

我曾经说苏东坡一方面是能够有一种庄子的道家的修养，能够超越，从悲哀欢喜、得失利害之中跳出来，不被这些所打击；还有一方面，苏轼有一种通古今的达观的看法：这种盛衰兴亡是古之常事，不幸也不是我苏东坡一个人的，而且我今天不幸，将来也许有幸，今天幸，将来也许有不幸。这是一种通古今的达观的看法。可是我们要知道苏轼绝不是一个只顾自己的人。苏东坡无论在哪里，就算他多次被贬官，晚年贬官到海南岛，他还为海南岛的人民做出很多福利的事情。而且回到朝廷来，他还是非常忠心、非常正直的，新法有不对他就批评新法，旧的党人上台了，把新的都打倒了，他说那也不对，新的也有好的，所以他把旧党也得罪了，就是平生被打击了很多次，被关在监狱里边，只要回到朝廷来，他的忠心跟正直一直没有改变。这是苏东坡真正了不起的地方。

我现在要补充说明一点，就是写情宜隐或宜显的问题。柳宗元后来贬官的时候写给他亲戚朋友，写的“秋来处处割愁肠”，我的内心就跟被刀割了一样悲哀，他写得非常直接、非常急切。

最近中国有一个很有名的美学家朱光潜去世了，他是很不错的一个学者。现在台湾有些个年轻人也讲美学，当然他们也有功劳，就是把西方最现代的、最摩登的美学介绍进来，可是他们介绍的只是西方的皮毛。就是说，他们不但对于中国的传统没有很深的了解，对于西方的传统也没有很深的了解，他们的态度不够诚恳，只是因为这个学说是现在最摩登的，就马上把它们翻译介绍进来了，而且有的时候也有错误，甚至于删节肢解，这是欺骗读者、不尊重读者，也不尊重人家原来的学说，是不对的。

朱光潜是介绍西方美学的一个学者，对于西方美学有很好的研究，而且对于中国传统也有很好的修养，能够把西方的理论融会贯通用在中国诗歌的欣赏里面来，写了很多篇很好的文章。他写过《文艺心理学》，还有《给青年的十二封信》，都是很不错的。他在《文艺心理学》里边提出来一个理论，说“写景宜显，写情宜隐”，写景物要写得很明显，非常清楚，如同在眼前，“青山隐隐水迢迢”(杜牧《寄扬州韩绰判官》)；写感情呢，要写得比较含蓄，不要都说出来，这样才是好。

这个话有的时候是对的，可是不完全是对的，因为文学、诗歌没有一个绝对的衡量标准，写景不是“显”是好吗？可是写景有的时候“隐”也可以很好。写情不是“隐”是好吗？可是写情有的时候“显”也可以很好。时间不够，我不能给大家举很多的例子。像柳宗元的“海畔尖山似剑铓”，写得就很显，但是一样是好的。所以好坏不在隐显，在于有没有真正的感发，是不是能够把感发的力量带出来。我想大家可能认为显的好，把感情都说出来就好。可是其实有时候把感情说出来反而是不好的。这中间有一点差别，贾岛的“二句三年得，一吟双泪流”（《题诗后》）也不能说它就完全不好，他写诗总是很用心去写的，但是他很浅薄，三年才写出这两句诗来，觉得哎哟我真是不容易啊，三年才写出来的，所以自己一念就感动得流下泪来了。但是就算这里他写得很真切、很明白、很“显”，其中感发的力量实在是很小，可见写情写得“显”，有时候也不一定是好的。

还有写景写得“显”是不是就一定是好呢？我也常常举晚唐人的两句诗：“鱼跃练川抛玉尺，莺穿丝柳织金梭。”（见仇兆鳌《杜诗详注》中《曲江二首》引叶梦得评语）“跃”是跳的意思，“川”是像一匹白绸子一样的水。一条白鱼从江水上跳出来，就像一把白玉的尺丢在一匹碧绿的湖水色的绸子上一样，这样的写景是写得真的很显。但是这没有什么深刻的意思，没有感情，没有感发。朱光潜举了晚唐温庭筠的一首词《望江南》，“梳洗罢，独倚望江楼”，早晨梳头洗脸完了，一个女人倚靠在可以望见江水的高楼上，等待她所爱的人回来，可是“过尽千帆皆不是”，她看到楼前的江水上很多帆船都过去了，都不是她所等待的爱的那个人。等了一天，从早晨梳洗罢就等，等到黄昏，是“斜晖脉脉水悠悠”，太阳已经沉到西边去了，黄昏的斜照的阳光照在江水上，洒出来一片光明，江水悠悠地动，她所等待的人没有回来。朱光潜说写到这里就很好，“过尽千帆皆不是”，你看那“斜晖脉脉水悠悠”，真是余韵悠然。

可是，事实上底下温庭筠又说了一句，朱光潜说这句话说得不好。这句话说的是什么呢？“肠断白蘋洲”，女子等了一天，她所爱的人都没有回来，所以，看见那个白蘋在眼前，就是一片白色的蘋花，觉得现在都肝肠寸断了。朱光潜说，这个感情说出来就不能给人一种含蓄的、余留的味道，就了无余味。“肠断白蘋洲”好像很忧愁，可是如果不写肠断，“过尽千帆皆不是，斜晖脉脉水悠悠”，那斜晖的脉脉、江水的悠悠，不都是相思怀念吗？

你完全不用说出来，说我有多么强烈的思念，你就是说得再强烈，能表现出多少思念呢？但是我现在就是要说，诗歌不是绝对的，不是说写情只要“隐”就是好的。像柳宗元说的“秋来处处割愁肠。若为化得身千亿”，我也要“散向峰头”去“望故乡”，写情写得很显，难道就一定是不好的吗？所以诗的好坏没有一个老师给你一个绝对的标准，说什么一定是好，什么一定是坏，要把整首诗结合起来，要看整首诗的结构、叙说的口吻等各个方面。

现在我们要把柳宗元跟刘禹锡做一个对比。柳宗元跟刘禹锡的生年只差一年，比刘禹锡小一岁，可是柳宗元在宪宗刚刚继位时就被贬出去了，在永州一待就是十年，后来又被贬到柳州去了，四年后，柳宗元没有办法承受这种痛苦，最后死在柳州。

宪宗以后还有什么皇帝呢？我现在要讲这几个皇帝，因为以后讲李商隐时还要讲到。宪宗以后是穆宗，穆宗以后是敬宗，敬宗以后是文宗，文宗以后就是武宗。刘禹锡一直活到武宗的时候，活了七十岁，柳宗元四十六岁就死了，你看他们两个人受到的完全是同样的打击，都是同一年被贬，后来又连续被贬，可是两个人差别这么大，为什么呢？我说过，刘禹锡有一种通古今的对于盛衰得失的达观的看法。

既然诗是从诗人内心的感发写出来的，所以每一个诗人的诗歌都表现了他对人生的看法。宪宗元和十年，他们第一次从远州被召回来的时候，刘禹锡曾经写过一首诗，很有名的，是赠给那些玄都观看花的人，“观”，念guàn，是道教的庙宇，玄都观里边是以桃花著称的。有个很奇怪的事情，就是中国有名的大的庙宇，特别是位于都城的都是以各种花出名的，春天北京法源寺的丁香很有名，崇效寺则是牡丹，就是每个寺庙里都有著名的花，有的以丁香花著名，有的以牡丹花著名，玄都观以桃花著名。刘禹锡的《元和十一年自朗州召至京戏赠看花诸君子》是这样的：

紫陌红尘拂面来，无人不道看花回。
玄都观里桃千树，尽是刘郎去后栽。

“紫陌”是形容首都的街道，上面车马疾驰，飞扬着的都是尘土，“紫陌红尘拂面来”，大街上的尘土甚至扑到人脸上来，因为车马很多才“紫陌红尘拂面来”。为什么这么多车马？因为春天大家都要去看花的，人常常是这样子，大家都去买牡丹花，我没有买，就觉得不好意思，人家都去看花我怎么不去看花，这也不好意思。台湾的戴静山先生，曾经编过诗选，是台湾的大学里我所知道的写诗写得最好的一位老先生。他就说在台湾，春天大家都到草山看樱花，他就不去，他在家里看他自己的花。各人有各人的不同，可是有的时候大家就要赶这个热闹，人挤人都非要去不可，以至于紫陌红尘是拂面来，所以“无人不道看花回”，大家都认为玄都观的桃花太好了，非要去看。“玄都观里桃千树”，你们玄都观里有那么多树的桃花，它们“尽是刘郎去后栽”。刘郎有两个意思：一个是他自己，他说我十年前在这里的时候，哪有玄都观的桃花啊？你们觉得千树桃花很了不起，这有什么了不起？我当年在的时候，这桃花还没有种呢，现在才种出来；另一种意思则是他表面说的是桃花，其实不然，实际上说的是朝廷的新贵。这些新的当权得势的人，对他们被贬谪远方的回来的官一定很看不起。刘禹锡就说，你们有什么了不起的，我当年在朝廷做官的时候，你们还不知道在哪儿呢，是不是？而且这里还有一个典故，中国有一个神话传说，说是从前有一个人叫做刘晨，和他的朋友阮肇，两个人曾经到天台山，看到有桃花流水，沿着桃花走上去，碰到了天台山里的仙女，所以有刘晨、阮肇天台遇仙女的这么一个传说。于是他可以把桃花跟刘郎联系在一起，说“尽是刘郎去后栽”。后来刘禹锡不是活了很久吗，后来他又被召回来，而且做官做到太子宾客，所以他现在的集子叫《刘宾客集》。当他第二次回来后，就又写了一首诗《再游玄都观》：

百亩庭中半是苔，桃花净尽菜花开。
种桃道士归何处，前度刘郎今又来。

他又到了玄都观，玄都观桃花也没有了，种桃花的道士也没有了，现在的玄都观是百亩空庭，你想能种那么多桃花，一定是很大的一个院子，有百亩那么大的一个院子，现在一半都长了青苔了。第二句，“桃花净尽”，桃树都被人砍走了，不知道怎么没有了，里面种了些青菜，这就是“桃花净尽菜花开”。“种桃道士归何处”，当年种桃花的道士到哪里去了？而我是“前度刘郎今又来”，我刘禹锡现在又回来了。

刘禹锡还不只是有这样一种把自己眼前的盛衰得失不放在心上的特点，他不但对自己有这样通达的看法，对于历史他也是有同样的通达的看法。所以刘禹锡喜欢写咏史的题目，最有名的，一首是《乌衣巷》，一首是《石头城》。这两首诗都属于他的“金陵五题”怀古系列，金陵就是现在的南京，南京是几朝的古都，所以他写了五首咏金陵的诗。我们这里只选上面提到的这两首。

我们先看《乌衣巷》这首诗。

我曾经在南京住过很短的一段时间，就是1948年的时候。那时我先生到南京去，我本来是在北京教书的，因为他在南京工作，中国的习惯一般是先生调职走了，妻子就要跟着他走，所以我就把我北京的教职辞掉了跟他到了南京。可是在南京没有住几个月，我们是春天差不多三月底四月初的时候到的南京，南京的局势就一天比一天紧张，那金圆券换来换去，物价一天比一天高，马路上百货商场都是空的，什么都买不到，发了薪水后要去买那种银元，然后再换钱来买东西，那一段生活很紧张。我先生那时候在他们的海军里工作，后来就跟着撤退去了台湾，所以我在南京是住过一阵子的。而我在南京住的那个地方，就离乌衣巷不很远。由于我是学旧诗的，我听见人家讲乌衣巷，所以我就要到乌衣巷看一看。还有秦淮河，朱自清写的《桨声灯影里的秦淮河》。可是我跑去一看，大失所望，秦淮河又脏又臭，乌衣巷窄得不得了。我想这是因为后来历史上的变迁，当年大概不是这样子的。因为当年晋朝的王、谢家族都是住在乌衣巷的贵族大家，可是我去的那时候已经是1948年。所以你想，在刘禹锡的时候看乌衣巷，一定已经跟晋朝王、谢两家时候的乌衣巷不一样了。我出去上街都经过朱雀桥，朱雀桥现在是大马路大桥，已经没有什么花草了。刘禹锡诗《乌衣巷》是这样写的：

朱雀桥边野草花，乌衣巷口夕阳斜。
旧时王谢堂前燕，飞入寻常百姓家。

刘禹锡诗里所表现的都是盛衰无常，正因为盛衰无常，所以不要对眼前的一点点得失斤斤计较。可是你说盛衰无常，空口说的话只是一个空洞的概念，所以要把这个盛衰无常表现得非常形象化。他说，现在春天的朱雀桥边开满了野草花，如果是有贵族住在这里，一定会有人整理园林和花草，不管是私家的还是官家的，可是现在没有人管了，是“朱雀桥边野草花，乌衣巷口夕阳斜”。乌衣巷的巷口有一片黄昏的斜阳，那当然是要表现一种寂寞荒凉的感觉，但还不只是寂寞荒凉的感觉，因为天地之间的运转循环、日月的交替是永远不会改变的，所以大家都很熟悉的《三国演义》开场白的词就说：“青山依旧在，几度夕阳红。”一切都改变了，只有这个斜阳还是晋朝那时候的一样的斜阳，然而晋朝的王、谢等贵族哪里去了？他说，“旧时王谢堂前燕”，原来是王、谢家堂前的燕子，在这个贵族的家庭内筑巢的，现在是飞入寻常百姓家了。

所以说盛衰贵贱都是无常的，不要那么拼命地想要和别人争权夺利，跟人家计较。盛衰本是无常的，贵贱也无常。昔日炙手可热的王、谢又如何呢？今天他们都到哪里去了？

下面我们再来看《石头城》：

山围故国周遭在，潮打空城寂寞回。
淮水东边旧时月，夜深还过女墙来。

我们不是常常有人赞美南京的地理形势吗？说龙盘虎踞石头城，它有长江、有钟山，有山有水，所以形势是很好的。因此他说“山围故国”。南京城是中国一个古老的都城，过去有多少朝代都建都于此，“山围故国周遭在”。“潮打空城寂寞回”，因为江上的潮水打到寂寞的空城，寂寞地打上来，又寂寞地退回去，潮水有涨有落，涨的时候打上来，落的时候退回去，“潮打空城寂寞回”，“回”是说潮水的升降来回。“淮水东边旧时月”，这里不是有秦淮河吗？他说，就在淮水的东边，当年的月亮，王、谢等贵族都在这里的时候的月亮，“夜深”就还过“女墙”来。“女墙”是城上的小墙，就是我们讲杜甫的《秋兴八首》说“山楼粉堞隐悲笳”的粉堞，城堞也叫做“女墙”，就是城上高起的这个墙。他说夜深的时候，月亮还是从东边升上来，然后从西边落下去，从女墙上经过。这两首诗其实差不多，不过刚才那首《乌衣巷》说的是斜阳，太阳是永恒不变的，人间的盛衰贵贱改变不了它的；这里说的是月亮是永恒不变的，只有“淮水东边旧时月，夜深还过女墙来”。

刘禹锡这个特色，就是不但从历史看到盛衰无常，他“前度刘郎今又来”，是从自己的经历也可以看到盛衰贵贱得失也是常常有变换的。此外，我顺便提一提刘禹锡的《伤愚溪》。柳宗元不是和刘禹锡有同样被贬的命运吗？可是柳宗元那么早，四十六岁就死了，而刘禹锡活过了七十岁，柳宗元四十六岁死的时候，刘禹锡四十七岁。《伤愚溪》的前面有一个很短的序文，说：“故人柳子厚之谪永州，得胜地，结茅树蔬，为沼沚，为台榭，目曰愚溪。柳子没三年，有僧游零陵，告余曰，愚溪无复曩时矣。一闻僧言，悲不能自胜，遂以所闻为七言以寄恨。”他说，我的老朋友柳宗元号子厚，当他被贬谪到湖南的永州，发现一个很美好的地方。你要知道，中国古人不是常常被贬官吗？因为中国古代王朝的首都多在北方，像唐朝首都在长安，北宋首都在今开封，从文化说起来，中国文化是从黄河流域发展起来的，南方的文化发展比较晚，比较落后，所以那个时候贬官都是贬到南方去，贬到那些蛮荒的、没有开化的地方，就是四川、湖南、贵州、云南等这些地方。可是你今天旅游去这些地方，就觉得这个地方的风景很美嘛！真的是这样的。你知道贵州现在有多少原始的、没有被人类的文明污染过的美丽山水？四川有个地方很有名，叫九寨沟。我每年都到四川，从来没有时间去一次九寨沟，旅馆里边就能报名旅游团，一个星期就可来回，但是我的工作很忙，连一个星期的时间都抽不出来，所以很遗憾。我现在下定决心一定要抽一个礼拜的时间去看看，因为我再不去的话那时就有污染了，那我就看不见这些原始的森林和山水的美丽了。但是古代的人如果被贬官到这里，他们会以为这是很不幸的。这就是苏东坡所以了不起之处，苏东坡被贬到海南岛，他说："九死南荒吾不恨，兹游奇绝冠平生。"（《六月二十日夜渡海》）我就是在这里九死一生，来到这样蛮荒的地方，我也不觉得有什么可遗憾的，这一次的游玩到了海南岛，看到的是中原从来看不到的地方，所以是"奇绝"，是我平生所见的山水中最美丽的。从这方面看，他们贬官的地方实在都是山水很美的，所以说柳宗元在这里是得到"胜地"。于是他就"结茅树蔬"，这个地方当然很荒凉，没有很好的住宅，所以他就要结茅草，自己盖房子，自己要种树、种菜；"为沼沚，为台榭"，在这里开辟了小的河流、小的池子，建筑几个高台，这样就可以欣赏山水了。"目曰愚溪"，就给它取个名字叫做"愚溪"。"柳子没三年"，柳宗元死了三年以后，"有僧游零陵"，有一个和尚就游历到永州的零陵了，回来"告余曰"，就告诉刘禹锡说，"愚溪无复曩时"，不像柳宗元当年在那里时的景象了。柳宗元在那里时把这些荒草、树木都整理得很好，可是现在他死后再也没有人管，完全就荒芜了。于是刘禹锡"一闻僧言，悲不能自胜"，一听和尚说的这些话就非常悲哀，所以就把他听见的和尚说的关于柳子厚的愚溪的情形写出来了。

《伤愚溪》三首七言绝句，我们只看他的第一首：

溪水悠悠春自来，草堂无主燕飞回。
隔帘惟见中庭草，一树山榴依旧开。

愚溪的溪水像从前一样悠悠地流，春天也像从前一样到来，当然不会因为柳宗元不在了就不到这里来。草堂的主人不在了，荒芜了，当年在草堂做巢的燕子却还要回来。隔帘向外一看，中庭都长满了荒草，只有一树山榴，石榴花依旧开放。你看他写的都是物是人非的感受。你会发现，刘禹锡很喜欢拿宇宙之间永恒的巡回不变的东西来跟无常多变的人世做对比。他说是“旧时王谢堂前燕”“乌衣巷口夕阳斜”，燕子、夕阳还在；他说是“淮水东边旧时月”，淮水、月亮还在，但是那些六朝的高门贵族都不在了。所以说，刘禹锡是很会写这方面的感慨的。

除去写这种感慨以外，刘禹锡还有一个特色，就是善于用民间歌谣的形式。他用的民间歌谣的体式是一种新的体式，不是用汉魏的乐府诗的体裁，也不是模仿汉魏乐府诗的民歌，而是当时唐朝南方流行的民歌，像《竹枝词》，那就是南方流行的一种民间唱的歌词，非常的质朴清新，形式上它很像七言绝句，但不是七言绝句。现在时间已经不够，大家可以自己回去看，我就不在课堂上讲了。

（胡静整理）

中晚唐诗人之四

*

# 韩　愈

我们已经讲过了山水自然诗的传统和历史，那么柳宗元所写的山水自然诗，其特色就在于，他外表上表现得很冷静、超旷。“久为簪组累”，说做官呢，实在是对我的一个连累；“幸此南夷谪”，我被贬到蛮夷这个地方是我的幸运。可是这些话他都是反说的，他自己真正的内心实在是热烈的。所谓热烈呢，就是说他对于国家、对于人民、对于政治的理想，是有一份关怀和热情。他不是一个无所关怀的人。另一方面，他外表虽然是超旷的，但其实他内心非常痛苦和悲慨，所以他的山水自然诗跟别人都不同。因为他不是单方面的，而是双重性的，就是他是透过冷静超旷来隐藏他的热烈关怀跟他的痛苦悲慨。然后，我又讲了和柳宗元有相同遭遇的刘禹锡。刘禹锡对古今盛衰得失能够有一个通达的看法，所以能够从这里边跳出来，这是他和柳宗元不同的地方。

现在我们可以把柳宗元和刘禹锡的诗结束了，我们今天要很快地、简单扼要地介绍韩愈跟白居易，这是中唐以后两个重要的派别。而事实上呢，韩愈跟白居易两个人都是受了杜甫的影响。杜甫是一个很了不起的承先启后的集大成的诗人，他把前人的很多长处都继承变化了，同时他给后代的诗人开拓出来很多的途径。韩愈受杜甫的影响，白居易受杜甫的影响，我们马上还要讲李商隐，李商隐也是受杜甫的影响。所以，可以说中唐以后这几个大的诗歌派别的演变都是受了杜甫的影响。可是这里边就有一个分寸了，都是继承杜甫，但是继承的结果却是相似而实不同。世上都没有两片相同的树叶，人间绝没有两个完全相同的人，模仿的话你可以模仿到一部分，但是你根本上跟原作者是不一样的。所以他们这三个类型的诗人从杜甫那里所得到的是不同的。那么有什么不同呢？

韩愈得之于杜甫的是他的修辞方面。杜甫有这样一句诗："为人性僻耽佳句，语不惊人死不休。"（《江上值水如海势，聊短述》）他说我平生有一个跟大家不同的癖好，那就是喜欢作诗。我们可以看到杜甫真是喜欢作诗，所有他平生的经历都反映在诗里边，他是一定要写诗，而且希望能够写得好，也就是"语不惊人死不休"。他说如果我的话说出来没有超过别人的地方，或者使别人惊讶的地方，我死了都不甘心。

那我们现在就来说说修辞。修辞好像只是文字上的修饰，中国的《易经》里有这样一句，说："修辞立其诚。"什么叫修辞？不是指作诗写文章时花花草草地往上面涂抹装饰，不是的。所谓"修辞"就是说要找到一句最合适的话传达你自己的思想情感。《包法利夫人》的作者福楼拜曾给莫泊桑写过一封信，在西方很有名的，我不知道法文怎么说，中文把它翻译叫做"一语说"。因为莫泊桑早年写过一堆小说寄给福楼拜，福楼拜一看，说你这小说写得还不够好，要写得精炼，找出最恰当的那一个字来，不管写人写物还是写情节，你都要把那最恰当的字用上。“海畔尖山似剑铓”，为什么用“尖”字？他为什么又说“似剑铓”？就因为这些字最能形象地表达出柳宗元的心情。所以“一语说”就是你创作的时候，要找到最恰当的那一个字来传达、代表你的感情。

杜甫虽说“语不惊人死不休”，但是他最重要的一点是“修辞立其诚”。他的惊人的语句，是与他内心的感发相配合起来的，而且能配合得恰到好处。如《秋兴八首》里的“香稻啄余鹦鹉粒，碧梧栖老凤凰枝”，这真是写得惊人！你会觉得这是些完全不合乎事理的，文法上根本是不通的。香稻又不是鸟，不能啄，明明是鹦鹉去啄香稻粒，你为什么要把鹦鹉跟香稻颠倒来说？为什么不说鹦鹉啄余香稻粒，而说香稻啄余鹦鹉粒？可是这里的颠倒杜甫自有他的道理，他要写开元盛世的富足，是一定要这样说才能够表现的。因为这样所表现的主要是香稻的富足，它的主题不是说鹦鹉，如果你真的掉过去说鹦鹉啄余香稻粒，那就变成写实，就是鹦鹉在吃稻子。可是他要传达的不是这个意思，所以说杜甫是“语不惊人死不休”。

但是杜甫能把他的词语和他的感情配合得恰到好处，而后来的人就只注重外表用字，用他们的脑子来选择，寻找一个个出奇的字来让诗出奇制胜。我们不是说这些人绝对的不好，而韩愈这个人是很有才的，什么是有才？我们说一个诗人有才，就是说他的语汇很丰富，可以用的词语很多。所以我有的时候在国内讲诗，尤其是我在北京教育部的礼堂有过一次大型讲座，什么人都来听讲，有很多人年纪都很大了，他们对旧诗很有兴趣，常常自己写一些旧诗，这当然是很好的一件事情。但是我很诚实地说，他们写诗的愿望是好的，可是他们的诗写得实在不是很好。于是我就跟他们说，你们写诗当然是很好的事情，我当然愿意看见大家都写。可是比如你要盖一所房子，你光构想得很好，但是你有多少瓦？有多少泥土？有多少水泥？有多少木料？你有材料才盖得起房子来，如果你没有材料，拿沙土一堆是不行的。所以说你作诗要有丰富的语汇。还有你对于语法的运用能力要过人。从这两方面来说，韩退之都是过人的。而且韩愈除了写诗还写古文，他对于语汇和语法的运用的才能很出色，所以他这方面绝对是好的。

我们以前提到过白居易的文学主张是"文章合为时而著，歌诗合为事而作"（《与元微之书》）。他说你要写文章就要为这个时代去写，要切中这个时代的弊病，适应这个时代的需要。你的歌诗要反映社会上的一些个真实的事件。我们说韩愈受杜甫的影响是在修辞造句这方面，要"为人性僻耽佳句，语不惊人死不休"，那么白居易跟元微之受杜甫的影响是什么呢？我们说过，杜甫是个写实的诗人，是个对社会有关怀的诗人，"穷年忧黎元，叹息肠内热""朱门酒肉臭，路有冻死骨"（《自京赴奉先县咏怀五百字》）。他说"幼子饥已卒"，我的小儿子是饿死了，可是像我这样"生常免租税，名不隶征伐"（同上）的人尚且如此，那些平民老百姓又当如何呢？所以他"默思失业徒，因念远戍卒"，以至于"忧端齐终南，澒洞不可掇"（同上）。杜甫真的是关心人民，真的是关怀国家的，这都不是坏事情。但是我们却要说杜甫的诗是流自肺腑，他一直到老，登上岳阳楼时还说"戎马关山北"，我要"凭轩涕泗流"

(《登岳阳楼》)。这就是杜甫，是他的性情。他还说“葵藿倾太阳，物性固莫夺”(《自京赴奉先县咏怀五百字》)——我也知道，我干嘛这么傻，我可以不要管他国家怎么样！但是这是我的本性，就好像葵花和藿叶一样总是倾向太阳。人的本性是没有其他人、没有什么办法可以改变的，所以说“物性固莫夺”。而你吃饱睡足之后说我也来关心人民，碰到一点挫折你就只自顾自己了，再也不关心人民了，这个就是层次的不同。不是说你的关心是不对的，但是你的关心不是那种流自肺腑的、欲罢不能的深刻的关心。

杜甫是用他的心、他的感情来写诗，而韩退之跟白居易、元微之这些人都是用脑、用才来写诗的：找个好题目来作诗，像白居易他们的“新乐府”。乐府本来是汉朝出现的一种新体诗，有很多是民间的歌谣，反映的是民间的生活。他们就模仿乐府诗的这种作风，写了一大堆反映现实的作品，起了名字叫做“新乐府”。而杜甫不是，杜甫是因为他遭遇了很多眼见身受的经历，不得不然，它自己跑出来的，不是我去找个题目来写一首好诗，这完全是不同的。所以这两派都是从杜甫那里得来的，一个是逞才方面，在词语口吻上要惊人；一个是从杜甫反映现实那个方面继承下来的，可是他们已经变成了有心的，是故意地去找个题目来作诗，跟杜甫流自肺腑、出自肝肠的诗性质是不同的。所以你讲杜甫，不能不结合他的生平来讲，你讲辛弃疾，不能不结合他的生平来讲，我已经说过中国最伟大的诗人是用生命来写作的，是真的付出了自己生活的代价来实践他的诗里面所说的东西。不是我干的是一套，写的是一套，不是这样的。当然我也不是说韩愈、白居易就干的是一套、写的是一套，但是他们是以自己的生活追求为第一位，然后才去关心国家人民的。当然，有这个关心还是好的，但是层次是稍差一些。所以现在我们讲韩愈跟白居易，可以放下他们的生平，只看他们的诗。

我们就先看韩愈的《山石》，是这样写的：

山石荦确行径微，黄昏到寺蝙蝠飞。
升堂坐阶新雨足，芭蕉叶大栀子肥。
僧言古壁佛画好，以火来照所见稀。
铺床拂席置羹饭，疏粝亦足饱我饥。
夜深静卧百虫绝，清月出岭光入扉。
天明独去无道路，出入高下穷烟霏。
山红涧碧纷烂漫，时见松枥皆十围。
当流赤足蹋涧石，水声激激风吹衣。
人生如此自可乐，岂必局束为人鞿。
嗟哉吾党二三子，安得至老不更归。

因为诗中头两个字是山石，所以它的题目叫《山石》，是写他有一次到这个山的庙里面过了一夜的种种见闻。“山石荦确行径微，黄昏到寺蝙蝠飞。升堂坐阶新雨足，芭蕉叶大栀子肥。”他说，他来到山中，“荦确”就是道路不平的样子，说山石高低不平当然可以，但是你要很直白地说“山石不平”，这个力量远远不够。而文字的使用这方面韩愈是很注重的，所以他不用“山石不平”，他说“山石荦确”。“荦确”两个字是很少见的，它们都是入声字，一般人都不知道它是怎么样念的，所以不管是它的声音，还是它的字形，都是新奇的。所以你可以看到韩愈是怎样用字，怎样“语不惊人死不休”的。“微”是很窄的意思，就是说上山的路很狭窄。“黄昏到寺蝙蝠飞”，他一直到黄昏才从山路上爬到这个庙，到庙里面天已经黑了，蝙蝠已经飞出来了。“升堂坐阶新雨足”，他就来到庙的大堂上，因为爬了一天的山累了，于是就坐在台阶上休息。那时刚下过雨，所以就是“升堂坐阶新雨足”。庙里的芭蕉叶子长得很大，栀子花开得很肥，栀子花是白色的，晚上开很香很香的花，“芭蕉叶大栀子肥”。所以他写的都是什么？都是眼中所见的景物。我们可以说他的描写很好，他的选词用字都很恰当，可是你摁下去，它里面没有一个更深的东西，而杜甫的诗每一句都有很深的感情从里边流露出来。

“僧言古壁佛画好”，那里的和尚就告诉他说，我们庙里面的墙上画的佛像很好，你知道很多庙里面墙上都画有佛像的。“以火来照所见稀”，天就要黑了，古代没有电灯，所以他们就点了一个火把，由此能看得到壁画，可是这个火把是闪动的，光亮是模糊的，所以韩愈还是看不清楚。“铺床拂席置羹饭”，这个和尚就热情招待他，给他铺了床，把席都擦干净，还给他准备了汤，“置”就是准备，“羹”就是汤。同时还给他准备了饭，“疏粝亦足饱我饥”，“疏粝”就是粗米饭，和尚生活是很简朴的啊，所以就给他吃粗米饭。虽然是粗米的饭，可是仍然可以“饱我饥”，毕竟爬了一天的山，已经很饿了。

“夜深静卧百虫绝”，等到深夜的时候我安静地睡在庙里面，所有虫子的声音都停了，要是天刚刚变黑，会有促织什么的在那里叫，可是真正到了后半夜，连虫子都不会叫了。那个时候，“清月出岭光入扉”，一轮明月从山那边升上来，清光从门缝里照进来，“扉”是门。他写的是很好，感受得很好。我不是说过诗歌有几个层次吗？感受的层次、感情的层次、感发的层次。从感受的层次来说，他真的是把那种感受恰到好处地表现出来了。第二天天亮了，“天明独去无道路，出入高下穷烟霏”，早晨我要下山了，可山上都是丛林，找不到下山的路。而且还不只是因为草木很茂盛遮蔽了道路，而是因为那天早晨有雾气，下雾了。所以他说下山是“出入高下”，一下子从山林里走出来，一下子又钻到山林里去。一下子升高，一下子降低，好比你要是爬泰山，一直向上没有向下的，可是你要是爬峨眉山，过一个峰头再过一个峰头，就是“出入高下穷烟霏”了，“穷”就是走遍了，完全走遍了。烟雾之中把这个山林之中都走遍了，那都看见些什么？

“山红涧碧纷烂漫，时见松枥皆十围。”山上有红花，“涧”是山涧，山涧里面有碧绿的水，“纷”是色彩众多，“烂漫”是彩色很鲜艳，山上的红花、山涧里面的绿水都是纷纭烂漫的。“时见松枥皆十围”，“我”看见松树、枥树都有“十围”那么大那么粗。“当流赤足蹋涧石，水声激激风吹衣”，有时候遇到一个小的水流，我就正当水流中间把我的鞋跟袜子都脱掉，赤足蹬踏到了山涧的石头上。这时你就听到脚底下水声激激——流水的声音，而且山风一阵一阵吹动我的衣襟。

“人生如此自可乐，岂必局束为人鞿。”“鞿”是马口中的缰绳，暗指羁绊的意思。他说，人生能够这样游山玩水，这当然是快乐的，所以又何必被别人像马头一样拴住呢？“嗟哉吾党二三子，安得至老不更归。”“嗟哉”是哎呀，叹息。这个叹息不是悲哀，有的时候是赞美或者呼唤。他说，我的好朋友啊，我们何不跑到山中来游山玩水，陶醉于山水之美中而不归去了呢！

我们很简单地看过了韩愈的《山石》，另外他的《华山女》大家也应该自己看一看。

（胡静整理）

中晚唐诗人之五

*

# 白居易

上节课我们说白居易注重文学的实用功能，所以在内容方面，他的主张是“歌诗合为事而作”，“合”字是应该的意思，就是说你的诗应该是为了反映某一件社会上的事件，如同从《诗经》可以看到民风，看到这一个国家、一个地方的风俗和政治，所以白居易认为诗歌是应该反映社会事件的，应该反映风俗跟政治的，这是他在内容方面的主张。至于他在文字这一方面的主张呢？则是“老妪能解”，因为要注重实用功能，当然是懂得的人越多，效果才会越好，要大家都能够懂得才最好。历史上记载，白居易写了诗以后就会念给一个没有受过教育的老太婆听，如果这个老太婆说懂了，那么他就觉得这很好，可以使得大家都懂，所以白居易的诗是注重实用功能的，内容上是“歌诗合为事而作”，文字上是希望“老妪能解”。上次请大家准备他的《缭绫》和《卖炭翁》，至于他写的其他很有名的两首诗，《长恨歌》和《琵琶行》，是他所谓的“杂诗”：他把他的诗分成几类，前面这个是他认为第一等的诗，最重要的这一类诗叫做“讽喻诗”，而《长恨歌》《琵琶行》在他说起来不过是“杂诗”，是用歌诗叙述一个故事。《长恨歌》写的是天宝年间杨贵妃和唐玄宗的故事。《琵琶行》写他在浔阳江上听到一个女子弹琵琶的故事，写这个琵琶女的丈夫远行了，她很孤单寂寞，而当年她在欢场之中是曾经得意过的，现在却是被冷落了。白居易就假借琵琶女而寄托他自己，因为他当时是被贬作江州司马，所以他就假借这个被冷落的女子来写他自己被冷落的仕宦。如果以故事性而言，是《长恨歌》写得更好，因为它曲折婉转，传达了一个动人的故事；如果真正以感情、诗人自己的感发的生命来说，《琵琶行》写得更好，因为其中有他自己更真实的感情。

我们以上是很简单地把白居易有名的几首诗，还有他自己的特别的诗歌的主张做了一个简单的介绍，下面就来具体看白居易的《卖炭翁》：

卖炭翁，伐薪烧炭南山中。
满面尘灰烟火色，两鬓苍苍十指黑。
卖炭得钱何所营，身上衣裳口中食。
可怜身上衣正单，心忧炭贱愿天寒。
夜来城外一尺雪，晓驾炭车辗冰辙。
牛困人饥日已高，市南门外泥中歇。
翩翩两骑来是谁，黄衣使者白衫儿。
手把文书口称敕，回车叱牛牵向北。
一车炭，千馀斤，宫使驱将惜不得。
半匹红绡一丈绫，系向牛头充炭直。

题目底下有四个小字，说是“苦宫市也”，这四个字好像是诗题前的一个小序，有一个简单的叙述，这种形式白居易是模仿《诗经》的，比如说《关雎》这一篇，毛序就说“关雎，后妃之德也”，写的是当时后妃的美好品德，所以他这是模仿《诗经》的。而诗之所以要这样写，是因为中国古代认为诗歌是反映民间风俗的，是反映政治跟教化的，所以一个题目必有一个主旨。他说《卖炭翁》写的是什么呢？是“苦宫市也”。宫市我们以前已经讲过了，是指宫中强行购买民间财物的情形，使老百姓非常痛苦，所以叫作“苦宫市也”。“卖炭翁，伐薪烧炭南山中”，“中”跟“翁”是押韵的。后面换了入声韵：“满面尘灰烟火色，两鬓苍苍十指黑。卖炭得钱何所营，身上衣裳口中食。”这几句是押韵的。后面又换了韵：“可怜身上衣正单，心忧炭贱愿天寒。”这两句押平声韵。后面又要换韵了：“夜来城外一尺雪，晓驾炭车碾冰辙。牛困人饥日已高，市南门外泥中歇。”“辙”和“歇”是押韵的。下面几句是换韵：“翩翩两骑来是谁，黄衣使者白衫儿。”这两句是一个韵，“谁”跟“儿”是一个韵。后面再换韵：“手把文书口称敕，回车斥牛牵向北。一车炭，千馀斤，宫使驱将惜不得。半匹红绡一丈绫，系向牛头充炭直。”最后是入声韵。

他说，有一个卖炭的老翁，“伐”是砍，“薪”是柴，老翁每天在寒山里面砍柴，然后烧成炭，因为他一天到晚做的都是这样的工作，所以满脸都是灰尘，好像烟火一样的颜色，两鬓的头发都已经苍白了，十个手指都是黑的颜色。他如此辛苦卖炭，得到钱是做什么用呢？不过是维持生计，是为了他身上穿的衣服、口中吃的食物。那么别人什么时候要炭？都是冬天的时候生火取暖时，当然是特别冷的天气。但他自己“可怜身上衣正单”，这是作者的同情，他身上的衣服这么单薄，他很穷，没有那些个棉袄、皮裘穿。可是另外呢，他还希望天冷，“心忧炭贱愿天寒”，天越冷他的炭就越可以卖个好价钱，所以这都是写平民百姓痛苦的生活。自己没有衣服穿却希望天冷。“夜来城外一尺雪”，昨天夜里城外下了一尺厚的雪，所以他想今天的炭可以卖个好的价钱。“晓驾炭车碾冰辙”，清早他就驾着炭车从老远的地方过来，碾过满是冰雪中的车辙。后来牛也困了，人也饿了，太阳也已经升起来很高了，他驾着他的车来到街市的南门外面，就在那些冰雪泥泞的路途之中休息。忽然间“翩翩两骑来是谁”，这个“骑”字念jì，是骑马的人，这时有两个骑马的人，“翩翩”地潇洒地骑着马跑过来了，是谁呢？身上穿的是黄衣服，是宫中的使者，还有一个穿白衫的，是一个年轻人，也是宫中的使者。“手把文书口称敕”，手里拿着一个宫中的文件，口里边说这是“敕”，“敕”就是皇帝的命令。于是他们就“回车斥牛牵向北”，就把老翁的车拉回来，不让他进这个南门，赶着牛把牛牵到北边去了。“一车炭，千馀斤，宫使驱将惜不得”，他好不容易运来一车炭，一千多斤，实指望拿着这个炭换他的衣食的，可是宫中的使者却把这个炭车赶走了，他就算爱惜也没有办法了，“惜不得”，没有什么办法，因为那是宫中的使者。可是宫中的使者交换给他的是什么呢？仅有半匹的红绡、一丈的丝绫，“系向牛头充炭直”，系在牛头上就说这个是卖炭的价钱了。这就是宫市强买的情况，当然后来呢还有所谓的白望，甚至连这半匹红绡和一丈绫都不给了，想拿走就拿走，所以白居易的诗确实是反映了当时的民间疾苦。

但是呢，说到关心民生疾苦，你看《自京赴奉先县咏怀五百字》中那种“穷年忧黎元，叹息肠内热”是何等的感情！看到这些作品以后，你再看白居易所写的什么买花了，什么新的棉袄了、地毯了，说是穷苦的人很寒冷了如何如何，你就觉得他感情的真挚深厚是比不上杜甫的。就是说，韩退之跟白居易他们两个人都常常是以知解为诗，以为这样做是好的，但是杜甫却不是，这真的是很难说，就是杜甫对于用字造句的选择是以他的感情、感受为基础的，结合了他深厚的感情，可是韩愈跟白居易他们两个人常常是用他们的知识跟分辨来写诗的。所以我讲诗推崇杜甫。

中国的文学批评常常把一个人的道德品格作为衡量诗的标准，因为杜甫这个人对于他的国家、对于他的人民真的是忠爱缠绵，我们都看到杜甫从他年轻的时候就“致君尧舜上，再使风俗淳”，“穷年忧黎元，叹息肠内热”，一直到他晚年临死了还说：“戎马关山北，凭轩涕泗流。”缠绵者，我们都说爱情才缠绵，那是因为你迷上了一个人以后，你不由自主，你不得解脱，就像《西厢记》里张生碰到了崔莺莺以后，说过这样一句话：“待飏下，叫人怎飏？”“飏”就是把它给扔开、丢开，“待”就是要。因为崔莺莺的母亲崔老夫人反对这件婚事，那这样你张生就不要提，把她忘记就是了。可是他说“待”，我也想要把她放下，可是“叫人怎飏”？叫我怎么能放得下呢？他没有办法，所以爱情的问题才是缠绵悱恻的。可是像杜甫那样的诗人，他有着对于国家、人民的那种忠爱近似于对爱情的执着和缠绵。那另一方面，难道只是因为他“忠爱”，他的诗就一定好了？不是如此。也有很多人是忠爱的，品格可能是很高的，可是写出来的诗不一定好。杜甫的诗之所以好，就因为他忠爱的这一份感情是缠绵的、深厚的、固执的，是在自己内心之中很真诚的，而且他能够有这样一种感发。

诗歌的好处永远是感发，不但自己有这个感发，而且用文字表达出来后，也能够使读者有这个感发。现代西方文学理论中有readers’respond之说，就是读者的反应是作为衡量文学作品价值的一个重要部分。读者有了一种反应，证明了你的感发传达出来了，成功了，你这首诗才是一首真正的好诗。所以杜甫的诗好，不是只因为说他总是关心国家、人民就是好了，而是这一份忠爱缠绵的感情非常的深厚、博大、真诚，并且他能够把这种感发的力量传达出来，千百年之下还能使我们感动。

白居易也关心贫苦的人民，我们不能说他是错的。刘大杰写《中国文学发展史》时中国正在闹革命，同情劳苦大众就是好的，不同情劳苦大众就是坏的。白居易同情劳苦大众，于是刘大杰写了一大堆关于新乐府的评论，说你看白居易的感情和思想是站在人民的立场之上的，这就是好的。我这里不是说他站在人民的立场是不好，站在人民立场是好的，可你写出来的诗是不是好的，就是另外一件事情了。所以我们赞美杜甫不是像西方人想的那样，因为他忠爱就赞美他，而是因为杜甫的诗是好诗，带着深厚的感发的力量，并把它传达出来，我们也不是说白居易的诗就是不好了。

这次课我们看了他的讽喻诗中比较有名的一首，下次课我们就来看他的《长恨歌》，这是包含在他所谓的“杂诗”里面的。

我们上次说过有第一流的诗人，有第二流的诗人，我想这很可能引起大家的误会。比如有的父母就说他的小孩，人家怎么考九十多分一百分呢，你怎么才考八十分，差了二十分，这不好。可是衡量一个人的好坏不是跟人家去比，不是的。我们常常说，作文章是“修辞立其诚”。其实这个“诚”不但是做文章的根本，也是做人的根本。如果你这个小孩子资质特别高、特别好，如果他真是尽到他自己的完全的力量，他应该得一百二十分，他就是考了一百分都不够；如果他的本领只能够考五十分，那他考了五十五分你就应该赞美他，因为他是尽到他全力了。所以一个人做好做坏不是应该跟人家去比，而是看你有没有尽到你自己的全力。

现在社会上所流行的就是大家总想尽自己最少的力去取得最好的成绩，出力少、收获多，投机取巧。其实这是一种非常错误的观念，他觉得是聪明，其实这是做人的最大的忌讳，也是作诗的最大的忌讳。所以凡是第一流的诗人，都是因为我没有办法，就是张生说的：“待飏下，叫人怎飏？”我自己都无可奈何，我非这么做、非这么写不可。你说陶渊明为什么不去好好地做他的县官，像王维说的“安食公田数顷”（《与魏居士书》），非要落到劳苦躬耕去乞食，因为他没有办法，他天性就是刚拙的，“与世多忤”（《与子俨等疏》），“违己交病”（《归去来兮辞》），他说我觉得如果违背了我自己的意愿我就会满身生病，所以我宁可去劳动，宁可忍穷挨饿，也不能过那种卑躬屈膝、吹牛拍马、贪赃枉法的生活。这是人的不一样，这还不是说一个人对朋友真诚不真诚，是你对自己真诚不真诚。很多人先对自己不真诚了，总是跟别人去比。这是不对的。别人买了牡丹花，你有钱你就买，你有钱买十盆、二十盆、一百盆，没有人管你，你没有钱买那么多盆，你不能够买你就不要买，你管他别人买不买？别人买不买与你何干？别人说你买不买又与你何干？你是你自己的嘛，所以一个人第一就是先要对自己真诚，你是不是尽到你自己的全力了，不要跟别人去比，跟别人去比永远是第二流的，因为你对自己先不真诚了，这是永远要不得的，并且无论是作诗还是做人，一有了这种考虑就是不对的。

白居易自己说他考虑到的，是一定要老妪能解，让那乡下的不认字的老太婆都能听懂，这样的诗才算成功。反映民间的疾苦，让人民大众都懂得，这当然是好的，这种目的我不是说他是错的。杜甫就曾经写过一首诗，叫做《遭田父泥饮》，他碰见一个老农夫请他去饮酒，整首诗用的都是老农夫的口吻。可是他的《秋兴八首》却有他自己的感情要流露，只有这样表现才是能够真的表达他自己，他就不管乡下的老太婆懂不懂，甚至就连胡适之这样的学者都读不懂，这都没关系，无害其为好诗。总而言之，第一你先要对自己真诚，你对自己不真诚，老想着别人对你如何批评，永远是第二流的。韩退之跟白居易总是有这种与人较量的心，总是有这种有所谓的，就是说要谋一种成功的这种心，他们是用知解去写的，所以他们的作品是第二流的。

可是我们也不得不承认，白居易《长恨歌》的这种形式跟风格为中国后来的诗开创了一条路子。《长恨歌》是属于歌行的体式，跟李太白所写的乐府歌行是差不多的。可是两者的形式是不一样的，我以前也曾经讲过。我说有一种歌行，比如《长恨歌》，其实已经是受了律诗体式中声律的影响。本来它是乐府的歌行，形式应该是自由的，没有声律上的限制，像李太白才会写什么《远别离》《长相思》《将进酒》，都是完全自由的。

本来汉代的歌行有最早受《诗经》影响的四言体，有受《楚辞》影响的楚歌体，有汉朝新兴的形式五言体，有汉朝民间的杂言的形式，这是汉朝乐府的几种形式。李白的那个自由的体式是从汉朝乐府杂言的体式发展出来的，语句不整齐，不过他的变化更多、篇幅更长；白居易的歌行是乐府诗，而乐府诗在汉朝时没有声律，我们说过，声律及对偶是经过南北朝到初唐才完成的。白居易所继承的，是他篇幅的长短可以铺张的自由。还有就是他叙写一个故事的这样一种作风，这些都是从汉朝乐府继承来的。因为当时汉朝的乐府是没有声律的，可是白居易中间已经受了唐朝近体诗的影响，他写的乐府就有声律了，这是值得注意的。

举例子来看，《长恨歌》里说："春风桃李花开日，秋雨梧桐叶落时。"唐玄宗在往四川逃难的路上，杨贵妃被赐死了，后来他的儿子肃宗收复长安，把玄宗请回到宫中来，每当春天的时候，玄宗就会想到杨贵妃在的时候"春风桃李花开日"会怎么样。大家应该还记得我们在讲李白的时候，说到玄宗和贵妃常到沉香亭去赏花，曾把李太白这个大天才叫来，作几首新歌，那是何等的美满快乐的生活！如果是杨贵妃在的时候，便是"七月七日长生殿，夜半无人私语时"的柔情，两个人在一起，七月七日——七夕的时候海誓山盟，说"愿生生世世为夫妇"，我们是永远不分开的。现在已经到秋天了，可是杨贵妃不在了，“秋雨梧桐叶落时”，物是人非，大自然的风景跟从前一样，但死者却不能复生。这当然写得很好，“春风桃李花开日，秋雨梧桐叶落时”，平平平仄平平仄，平仄平平仄仄平。第一个字是可以通用的，第三个字有的时候是可以通用的，所以这里是平平仄仄平平仄，仄仄平平仄仄平。这完全是合乎声律的，这也是白居易歌行的一个特色。所以对于白居易，他之所以是不幸的，一个是他在杜甫的后面，一个则是现在我们这个学期就快要结束了，还要讲其他的一些重要的诗人，所以不能够不快一点讲，不会那么细致。

我们现在就可以简单地把《长恨歌》介绍一遍。以前我也曾经讲过从《春江花月夜》的时候就开始这种风格了，就是说每四句、每六句，或者是八句，是一个段落，然后每一个段落以后，他可以换韵，一般说起来是用一个平声的韵、一个仄声的韵，平仄间隔着来用，大家来看是不是这样：“汉皇重色思倾国，御宇多年求不得。杨家有女初长成，养在深闺人未识。天生丽质难自弃，一朝选在君王侧。回眸一笑百媚生，六宫粉黛无颜色。”这是第一个段落，押入声韵，“国”“得”“识”“侧”“色”是入声韵。下边换韵了：“春寒赐浴华清池，温泉水滑洗凝脂。侍儿扶起娇无力，始是新承恩泽时。”这是四句，刚才是八句，现在是四句。“池”“脂”“时”，押平声韵。他每换韵的时候第一句是可以押韵的，然后都是双数的句子押韵。

下边再换韵：“云鬓花颜金步摇，芙蓉帐暖度春宵。春宵苦短日高起，从此君王不早朝。”这是又换韵了，“摇”“宵”“朝”，一二四，第一句押韵，然后双数的句子押韵。后边："承欢侍宴无闲暇，春从春游夜专夜。"这个"夜"字押韵，这是两句，就是"暇"字跟"夜"字押韵，这又是一个段落。

我刚才说四句、八句，前面应该加上还有是两句押韵的。后边再换："后宫佳丽三千人，三千宠爱在一身。金屋妆成娇侍夜，玉楼宴罢醉和春。"这是一个段落，是"人""身""春"押韵。然后再换韵："姊妹弟兄皆列土，可怜光彩生门户。遂令天下父母心，不重生男重生女。"这个"女"字可以念汝，韵脚是"土""户""女"，这是又换了一个韵了。后边再换韵："骊宫高处入青云，仙乐风飘处处闻。""云""闻"两字押韵。后边："缓歌慢舞凝丝竹，尽日君王看不足。渔阳鼙鼓动地来，惊破霓裳羽衣曲。"这个"曲"字是入声，"竹""足""曲"是一韵。

现在你看前面一段写的都是杨贵妃怎么样得到宠爱，怎么样歌舞宴乐，然后最后两句一转，到了"渔阳鼙鼓动地来，惊破霓裳羽衣曲"。前面的大量铺陈，这里只用两句就把情况转过来了。下面"九重城阙烟尘生，千乘万骑西南行"又是两句。"烟尘生""西南行"，这两句押韵。"翠华摇摇行复止，西出都门百馀里。六军不发无奈何，宛转蛾眉马前死。"这又是一个韵，"止""里""死"。杨贵妃已经死了，死了以后怎么样呢？白居易就描写了："花钿委地无人收，翠翘金雀玉搔头。君王掩面救不得，回看血泪相和流。"首饰都掉在地下了，虽然玄宗贵为天子，但也无法去挽救他所爱的女人。这是一个韵了——"收""头""流"。

后边再换韵，唐玄宗就往四川去了："黄埃散漫风萧索，云栈萦纡登剑阁。峨嵋山下少人行，旌旗无光日色薄。”这四句押韵，“索”“阁”“薄”。然后再接着写四川的风光：“蜀江水碧蜀山青，圣主朝朝暮暮情。行宫见月伤心色，夜雨闻铃肠断声。”“蜀山青”“暮暮情”“肠断声”，押韵的。他在四川的时候每天都怀念杨贵妃，后来长安收复后，玄宗就回来了：“天旋地转回龙驭，到此踌躇不能去。马嵬坡下泥土中，不见玉颜空死处。”“驭”“去”“处”押韵，这几句一个韵。你知道他去四川的时候经过马嵬坡，杨贵妃死在这里，回长安时他还要再次经过马嵬坡呢，所以他说：“君臣相顾尽沾衣，东望都门信马归。”这两句是一个段落，“衣”跟“归”是押韵的。后面他又换韵了：“归来池苑皆依旧，太液芙蓉未央柳。”“依旧”的“旧”、“未央柳”的“柳”这两句是押韵的，是一个小的段落。后面他说：“芙蓉如面柳如眉，对此如何不泪垂。春风桃李花开日，秋雨梧桐叶落时。”“眉”“垂”“时”这几句是一个韵。

然后他继续写回到宫中以后是：“西宫南内多秋草，落叶满阶红不扫。梨园弟子白发新，椒房阿监青娥老。”“草”“扫”“老”押韵。就是说当年宫人现在也老了，椒房的阿监、梨园的弟子都老了。于是现在他就写对杨贵妃的怀念：“夕殿萤飞思悄然，孤灯挑尽未成眠。迟迟钟鼓初长夜，耿耿星河欲曙天。”“然”“眠”“天”这是一韵。然后再换：“鸳鸯瓦冷霜华重，翡翠衾寒谁与共。悠悠生死别经年，魂魄不曾来入梦。”是写他连梦中都没有梦见过杨贵妃，虽然是非常地怀念她，但连做梦都梦不到她。于是他就找来一个道士：“临邛道士鸿都客，能以精诚致魂魄。为感君王辗转思，遂教方士殷勤觅。”“客”“魄”“觅”这三个字是押韵的，现在念起来不押韵，说广东话的同学念起来可能是押韵的，这是入声字。后边就写这个道士了：“排空驭气奔如电，升天入地求之遍。上穷碧落下黄泉，两处茫茫皆不见。”“电”“遍”“见”押韵。去找贵妃找不见，天上跟地下都没有。然后呢：“忽闻海上有仙山，山在虚无缥缈间。”“山”跟“间”押韵，这是一个小段落。然后他就来到了仙山，说：“楼阁玲珑五云起，其中绰约多仙子。中有一人字太真，雪肤花貌参差是。”“起”“子”“是”押韵，这个“是”字念为上声。于是就听说里面有一个人叫太真，参差就是大概、差不多，可能就是杨贵妃了，所以这个道士就来了：“金阙西厢叩玉扃，转教小玉报双成。闻道汉家天子使，九华帐里梦魂惊。”所以他就在那个金的城楼西边的厢房底下敲敲玉质的房门，就叫小玉——一个丫鬟，中国丫鬟的最流行的名字就叫小玉。“报双成”，双成是古代一个女神仙，全名叫董双成，这里指的就是杨贵妃。

王国维曾经赞美白居易的《长恨歌》，他说只有小玉双成这一句用的是典故，其他的就是所谓的“白描”，就是直接写情景跟故事。后来清朝诗人吴梅村曾经写了一首模仿《长恨歌》的长诗，叫《圆圆曲》。圆圆即陈圆圆，是当时明朝一个将军吴三桂的爱妾。李自成攻下北京的时候，本来吴三桂是不想抵抗的，但是有人告诉他说，你在首都的家人都被捕了。吴三桂还抱有幻想，他说没关系，只要我到了（他本来是要投降李自成的）就会放了他们。后来有人又说，你最喜爱的妾陈圆圆被他们夺去了，吴三桂就大怒，进而降清以抵抗李自成的军队。所以吴三桂之反抗李自成，不是以对明朝的忠爱来反抗，而是出于一己之私，因为他的爱妾被人占了。《圆圆曲》里就说："恸哭六军俱缟素，冲冠一怒为红颜。"吴梅村也是受了白居易的影响，写一个女子的爱情故事。可是王国维说吴梅村用的都是典故，就是说没有典故他就写不下去了，《圆圆曲》都是堆砌的。而白居易完全不用堆砌典故，光用白描就能写得这么好，只有这一句是典故。

那么接下来，"汉家"就指的是唐朝，因为古时候汉朝是非常兴盛的时代，现在我们还说汉族，而且汉唐的首都都是长安，所以唐朝总是把自己比作汉。听说是汉家皇帝的使者到了，本来她正在九华帐里睡觉呢，此时就惊醒了。于是杨贵妃要出来见道士了，说："揽衣推枕起徘回，珠箔银屏迤逦开。云鬓半偏新睡觉，花冠不整下堂来。"这是说杨贵妃的样子，说她是"揽衣"，把衣服收拾一下，"推枕"，把枕头推开，起来犹豫了徘徊一下，看一看端整一下；然后"珠箔"是珠子串的帘子，"银屏"是银子做的屏风，慢慢地一个个打开了。珠帘打开了，屏风打开了，杨贵妃就出来了。因为她刚刚睡起来，这头发呢，发髻没有整理，所以出来以后她的发髻是偏在一边的，就下堂来见君王的使者。

当然一般人说起来，白居易这首诗写得很好，同时还有前面写的她刚刚见唐明皇的时候，"春寒赐浴华清池，温泉水滑洗凝脂"，温泉的水很滑，洗她如同凝脂一般洁白的肌肤，然后"侍儿扶起娇无力，始是新承恩泽时"，这样很多人就以为他这样描写就是很好，也有很多人以为这样是不好，因为格调不是很高。而且这种描写跟形容，是感动吗？不是白居易的感动。是感发吗？不是他的感发。

他只是把话说得很工巧美丽，所以他的美丽不是第一等的美丽。

讲杜甫的时候我曾经说，况周颐对词的审美原则是“重、拙、大”（《蕙风词话》），说你要有真的沉重深厚的感情，“拙”是你写得朴实，不得不然，“大”就是你的范围的博大，不是在字句上用很多漂亮的文字就是好的。有的人就以为是好的，有的人就欣赏这样的作品。钱锺书说西方有一个很有名的介绍中国文学的学者Arthur David Waley（1889—1966）翻译了很多中国的诗，包括白居易的诗。钱认为他根本不懂中国文学，所以他才翻译，才喜欢白居易。台湾诗人余光中说读者之中可以分作很多不同的层次，因为有第一流的作品、第二流的作品，所以第二流的作品自然有第二流的读者去欣赏，第二流的读者更多，一定是如此的。这些读者叫做什么？余光中把这些读者叫做半票读者，就好像是去电影院看电影，十二岁以下没有成年的小孩子可以打半票。他的意思就是说，这种读者的欣赏能力没有长成，不成熟，是小孩，是第二等的幼稚读者，所以他们只会欣赏这样的作品。可是第二流读者多，这是无可奈何的事情。一般人都认为《长恨歌》里这些描写都是写得很美，可是实际上这实在是第二流的，我不得不诚恳地告诉大家。

前面是一个段落，下面的“举”字开始换韵了：“风吹仙袂飘飖举，犹似霓裳羽衣舞。玉容寂寞泪阑干，梨花一枝春带雨。”“举”“舞”跟“雨”是一段，说杨贵妃“玉容寂寞”，脸上流着泪水，就像“梨花一枝春带雨”。然后他就接下来写他们的谈话了：“含情凝睇谢君王，一别音容两渺茫。昭阳殿里恩爱绝，蓬莱宫中日月长。”“王”“茫”“长”押韵。她说自从跟明皇离别后，觉得自己生活在这个蓬莱宫中简直是度日如年。

后面再换了一个韵："回头下望人寰处，不见长安见尘雾。唯将旧物表深情，钿合金钗寄将去。""处""雾""去"押韵。因为她已经是神仙了，她说现在想看一看下界的人间，但是看不见长安，能看见的都是弥漫的烟雾，只有拿出旧日唐玄宗给她的东西，旧物表深情。你要知道，大概古今中外都是如此，就是男女恋爱的时候，常常有一种爱情的信物，就是说我送给你一个东西作为永久的纪念，是我们两个人爱情信誓旦旦、海枯石烂的保证。唐玄宗当年也给了杨贵妃信物，就是金钗钿合，金钗就是插在头发上的钗，一般下面是两条腿，然后上面有个凤凰啊什么的，有几个穗子垂下来。作为标志着感情的信物，金钗上面不是有两条腿吗？现在就把它分开，分成两半，你拿一半我拿一半，这两个可以合起来，是一种爱情的信物。所以她说，现在为了表深情就把旧物寄过去，所以："钗留一股合一扇，钗擘黄金合分钿。"钗留下的是一股，一股就是一半。"合"呢，就是一扇，也是一半。接下来她说："但教心似金钿坚，天上人间会相见。""扇""钿""见"这几个字押的是一个韵，这是一个大的段落，说是杨贵妃跟道士说，你把这一半盒子、一条股钗拿给皇上，你告诉他说，只要我们两个人的心不变、感情不变，心就会像黄金一样坚定、坚固。将来不管是天上人间，我们一定会有再见面的日子。所以她就让这个道士把当时的定情物寄给玄宗。

后边就说了："临别殷勤重寄词，词中有誓两心知。七月七日长生殿，夜半无人私语时。"这个道士说我光拿了这个黄金的盒子去，皇帝也许不信呢，也许有人模仿或者假造呢，你一定要说一些只有你和唐明皇两个人知道而别人都不知道的，才能证明我真的看见了你。杨贵妃想了想，有什么事情呢？有一年七月七日在长生殿我们两个人曾经在一起宣誓，愿生生世世为夫妇，你把这个话说给唐明皇，他就相信了。宣誓了什么呢？后面就是重复当年的话："在天愿作比翼鸟，在地愿为连理枝。"后面是诗人的话了，说："天长地久有时尽，此恨绵绵无绝期。"天永远不改变，地永远不改变，他说就算天地都改变了，"此恨"却"绵绵无绝期"。唐玄宗跟杨贵妃这种生死离别的长恨，是永远不会改变的，所以叫《长恨歌》。天地都要毁去了，他们这种爱情的悲恨还存在着。这首诗当然是写得不错，我们不能说他写得不好，这样流利宛转，这样感人，确实是很好的诗。

这首诗影响了后来的风格，影响了很多。我常常说杜甫怎么样怎么样，《秋兴八首》如何好，白居易如何是第二流，可是大家看到我1974年第一次回国时曾经写了一首很长的诗，有两千多字，比他们这些诗都长的，叫做《祖国行》。那是什么样的体裁？就是《长恨歌》的体裁，我就是第二流的人，你要让我写出杜甫的《秋兴八首》，真的写不出来，人家真的是写得好，你写不出来那种样子。可是《长恨歌》，你看吴梅村可以模仿，我也可以模仿，之所以说它不是最高的境界，就是因为它可以被模仿。

（胡静整理）

中晚唐诗人之六

*

# 李 贺

之前请大家准备了李贺，现在我们就来看李贺的诗。李贺是一个生命很短暂的天才，二十七岁就死了，而且平生仕宦很不得意。中国古代有讲究避讳的传统，就是要避开皇帝的讳、父母的讳，“讳”就是他们的名字。他们名字的声音你不能够说，字你也不能够写。比如《红楼梦》里林黛玉的母亲名叫贾敏，所以她小的时候念书，写“敏”字时就写得缺一笔，因为母亲的名字自己不可以随便写，要写的时候就缺一笔，而且不可念出声作mǐn，要念mǐ。李贺的父亲叫李晋肃，“晋”字和“进”字是同音，所以李贺就不能去参加进士考试。而在隋唐以后，读书人都是要经过科举考试才能有前途、有希望，这样李贺的前途就完全断绝了。所以他这么年轻就遭到这样一个把所有的前途都断绝的打击，而且从他所写的诗歌还有后人写的关于他的生平来看，李贺的身体很不健康，体弱多病。虽然他在现实生活中遭受了这样的挫折打击，但是他的感觉是非常敏锐的，想象力非常丰富，所以他虽然只活了二十几岁，生命非常短暂，可是他确实是在他的诗歌里面开创出来一份我们以前所讲的历代诗歌里面从来没有人写过的境界，真的是一种纯属于锐感跟奇险的境界，而这种境界甚至影响了后来的李商隐。

我们前面讲了，很多人其实都受杜甫的影响，比如韩愈跟白居易，李贺也不例外，不过所受影响的方面不同，因为杜甫的方面很广，大家“各得其一体”——各自得到杜甫的某一个方面。李商隐有一部分写实的诗，是继承了杜甫，如《行次西郊一百韵》，这是一首五言古诗，是模仿杜甫反映现实的。杜甫有《自京赴奉先县咏怀五百字》，五百个字，五个字一句，所以五百个字就是一百句，一百句就是押五十个韵。而李商隐所写的“行次西郊”是一百韵，一百韵就是两百句，每两句押一个韵。

另外还有，我们说杜甫的七言律诗在句法跟形象之间的变化使得七言律诗的内容丰富起来了；而李商隐也打破了外在的格律的局限，用这么小的一个体裁，于这么严格的限制之中写出很丰富、很深刻的内容，也是受到了杜甫的影响。

可是另外还有一点，杜甫虽然说要“语不惊人死不休”，可是他只是在句法上、在字面上突破，诗的取材和形象的来源一般还都是现实中存在的形象。可是李贺诗里边的形象常常不是现实中所有的，而是非现实的，都是神仙鬼怪、神话人物这一类的形象。而李商隐的诗一方面继承了杜甫的写实，继承了杜甫七律的句法、形象的变化，另外一方面在形象上相当受李贺的影响，是一种充满了非现实的、假想之中的形象。而且因为李贺年岁活得很短，我们要说他生活的体验和经历实在不是很丰富，如果真正以内容、情意来说，他跟李商隐是不能够比的。

还有一点不同，李商隐这个人不但感觉是非常敏锐的，而且他的感情还非常深厚，不但是锐感深情，而且关心面非常广，他所关心的真是社稷国家。而李贺纯粹以锐感取胜，在关心的深情和宽广方面，比李商隐是有所不如的。当然李贺的诗里边也曾经写过《老夫采玉歌》，反映人民生活的疾苦，跟白居易比较相似，但是他所反映的，比较来说是一种对事件的外表观察，也许就是写了一份“我”对于“他”的同情。李商隐却不然，李商隐所写的关心国家的诗歌，跟杜甫一样是出自肺腑的，是把人民的痛苦当做自己的痛苦一样写出来的，不是我看见他的痛苦我很同情，而是他的痛苦就是我的痛苦，这个层次是很不一样的。

现在我们看他的《浩歌》：

南风吹山作平地，帝遣天吴移海水。
王母桃花千遍红，彭祖巫咸几回死。
青毛骢马参差钱，娇春杨柳含细烟。
筝人劝我金屈卮，神血未凝身问谁。
不须浪饮丁都护，世上英雄本无主。
买丝绣作平原君，有酒惟浇赵州土。
漏催水咽玉蟾蜍，卫娘发薄不胜梳。
羞见秋眉换新绿，二十男儿那刺促。

我们来仔细分析这首诗：“南风吹山作平地，帝遣天吴移海水。王母桃花千遍红，彭祖巫咸几回死。”这几句是押韵的，“地”“水”“死”。下面换韵：“青毛骢马参差钱，娇春杨柳含细烟。”这两句“钱”跟“烟”是一个韵。“筝人劝我金屈卮，神血未凝身问谁。”这两句又是一个韵。“不须浪饮丁督护，世上英雄本无主。买丝绣作平原君，有酒惟浇赵州土。”这几句，“护”“主”“土”是一个韵。“漏催水咽玉蟾蜍，卫娘发薄不胜梳。”这个胜字念shēng，平声，玉蟾蜍的“蜍”跟“不胜梳”的“梳”是一个韵。“羞见秋眉换深绿，二十男儿那刺促。”“绿”跟“促”是押一个韵。

这首诗说的是什么呢？他说的是世事的无常、宇宙间的变化无穷。《诗经》里边也写宇宙间的变化，比如有一首题目就叫做《十月之交》，写了有一年的十月，周朝大地震，说是“高岸为谷，深谷为陵”，那高岸一下子陷下去了，变成了深谷，原来的深谷则一下子涌起来了，变成一个高的山陵，这本来是写大地震之中地壳的变化，是比较写实的。可是你看李贺所写的就不是写实，而是他的一种奇幻的想象了，他说“南风吹山作平地”，就是南风把山吹成了平地，也许是大的飓风、旋风，把什么都卷起来，把什么都吹倒了，世界上真的发生过这样的事情？也许根本没有发生过，“高岸为谷，深谷为陵”的情况倒真的可能发生过，但现在李贺说的是“南风吹山作平地”，所以山都消失了。然后呢，是“帝遣天吴移海水”。“天吴”是古代神话之中的水神，“帝”是天上的天帝，说天帝就派遣天吴这个水神，把海水移到平地上来了，这是沧海变成桑田、桑田变成沧海的巨大变化，李贺写得真的很神奇。所以我们常常说诗歌的关键不仅仅在于它所说的内容是什么，还在于你怎么样去表现。你表现的内容是一个问题，你怎么样表现又是一个问题，所以这是李贺诗的风格之所以特殊的地方，就在于他的想象是出奇的。“王母桃花千遍红”，神话传说中西方有一个王母娘娘，她住的地方叫做瑶池，那里种的仙桃每三千年才开花一次。我们的树一年就开花一次，瑶池的仙桃要三千年才开一次花。他说王母的桃花千遍红，那这是过去多少年了？是几百万年、几亿年！王母桃花已经千遍红，这是李贺的口吻，主要就是写人世的无常，无常就是什么都不能够是永恒的，什么都在变化之中。你觉得南山是不变的，那“南风吹山作平地”；你说海水是不变的，“帝遣天吴”就“移海水”，所以他所写的就是人世间的无常。可是他所用的形象、他所用的口吻，充满了这么神奇的想象，于是就显得这么新鲜、这么有力量。王母桃花既然是千遍红，都亿万年了。下面“彭祖巫咸几回死”，彭祖是古代传说中很长寿的人，活了八百岁；巫咸是古代的神巫，可以跟神仙往来的，这些人寿命都很长的。可是这些人寿命怎么能算长呢？“王母桃花千遍红”的时候，就算他是彭祖、巫咸那样能活几百岁的人也不知道死了多少遍了，不是吗？

“青毛骢马参差钱，娇春杨柳含细烟。筝人劝我金屈卮，神血未凝身问谁。”说你现在有生命，这是很美好的。而且你还有一匹青骢马，所谓青骢马就是青白相杂的马，它的花纹是什么样的？是白色上面有黑色的连钱，一个个圆圆的，像钱的形状，看起来很漂亮的，所以“青毛骢马参差钱”。“娇春杨柳含细烟”，在美丽的春天，当杨柳刚要发嫩芽的时候，好像含绕着一种黄色的芬芳的烟雾，颜色是鹅黄嫩绿。如果杨柳的叶子老了就会变成深绿色的，如果是刚刚发出的嫩芽，新鲜的，就带着嫩嫩的黄色，“娇春杨柳”

是“含细烟”。“筝人劝我金屈卮”，弹筝的人，可能是歌女，就劝我喝一杯酒。给我敬酒时用的是什么酒杯？是“金屈卮”，就是有柄的圆形酒器。“神血未凝身问谁”，这个话很值得深究，什么叫“神血未凝”？后面也有注解，“神”就是精神、灵魂，“血”就是血肉，是你的身体。神和血凝结起来就有你的身体，神和血没有凝结起来就没有你的身体，你的精神跟身体的血肉合起来了才有你的生命，“神血未凝”的话，你的精神跟血肉没有结合在一起，那就是你的身体都没有了。你知道你的身体吗？生以前在哪里？死以后在哪里？你都不知道。当你的精神和你的身体分离，不能够结合在一起，不能够有一个血肉的生命，也就是“神血未凝”的时候你究竟是谁？所以你看他的想象，写人的生命是无穷的又是短暂的，“筝人劝我金屈卮，神血未凝身问谁。”

“不须浪饮丁都护，世上英雄本无主。”丁都护是南北朝刘宋时候的一个隐士，当他不得意的时候就喝酒。李贺就说你也许会像丁都护，有这样的勇敢，有这样的才武，是这样的勇士，可是当你不得意的时候，你就借着饮酒来消磨时光和生命吗？借酒来浇愁？他说你不需，你不用，虽然现在你不得别人的任用，但你也不要沉溺在饮酒之中，因为“世上英雄本无主”，世上许多的英雄豪杰本来就找不到一个真正能认识他、欣赏他的合适的主公，自古都是如此的。所以，李贺的诗虽然没有李商隐那样深广的关怀，但是他却有他自己的一份悲慨，就是他人生的落魄。一个人你说我尝试过，我没有成功，所以你也没有什么话可说的。可是你根本连一个尝试的机会都没有，根本就不能有参加进士考试的机会，而且身体又多病，所以李贺诗歌里边的悲慨，是有他自己的个人的很深刻、很痛切的一份悲哀的，所以他说真的是“不须浪饮丁都护，世上英雄本无主”。“买丝绣作平原君，有酒惟浇赵州土。”平原君是战国时代的一个公子。在战国时代，齐国有孟尝君，赵国有平原君，楚国有春申君，魏国有信陵君，这就是人们所说的战国四公子。这四公子都是养士的，就是说，他们都招待供给一些有才能的人的生活。据说平原君门下客有三千人。“买丝绣作平原君”，李贺说我愿意买丝线来绣平原君的像，因为古代的人表示对一个人的感激，就画出所感激的人的像，或者是更珍重的，用丝线绣一个像供奉起来。他说我真是愿意买丝绣一幅平原君的像，因为平原君赏爱、看重有才能的人。赵州，即赵国，我买了酒只浇在赵国的土地上，因为平原君是在赵国的。为什么把酒浇在土上？这是古代的一种祭奠，就是你要对亡者献酒，可是他已经死了不能够举起酒杯来喝酒，所以你就举起酒杯为他行礼，然后把酒洒在地上，表示对死者的祭奠和哀悼。所以他说我要买丝我就绣作平原君，我要有酒就只浇在赵州的土地上，只要有一个人欣赏我。

“漏催水咽玉蟾蜍，卫娘发薄不胜梳。”“漏”是古代的铜壶滴漏，现在北京的故宫里面还有一个铜壶滴漏的模型在那里，上面有一个盛水的东西，有一根很细的管子通下来，下边也有一个盛水的东西接在底下，它一分钟或者一个钟头滴多少水下来有一定的，你可以看水的上涨，通过旁边刻的时间你就可以知道是十分钟、二十分钟、三十分钟、一个钟头，这个水滴下来有时候还可以听到滴答的声音。另外，古人在铜壶滴漏的出口处有一个装饰，就是诗里所说的，有一个“玉蟾蜍”。蟾蜍就是蛤蟆。铜壶里的水会滴到玉蟾蜍的口中，“咽”就是吞下去，所以说“水咽”。水是一滴一滴地往下流，不论在哪一时刻从不停止，十分钟、一刻钟、二十分钟、一个钟头，那底下的蟾蜍就每天这么不停止地把这个水吞下去，时间就这么分分秒秒过去了。光阴和生命是不等待人的，有一天大家都衰老了，所以说“卫娘发薄不胜梳”。卫娘是谁呢？卫娘是汉武帝曾经宠爱、喜欢的一个皇后，名叫卫子夫。汉朝曾经有一个有名的将军卫青，就是卫子夫的弟弟，皇亲国戚。据说卫子夫头发非常美，而古代女子的头发从不剪掉，都是盘起来的，所以头发特别长、特别黑、特别亮、特别美丽，她就是因为头发很美才得到宠爱的。可是不管当年卫子夫的头发多么浓厚、多么长、多么黑，她衰老后美丽的头发终究还是要脱落的，而且变得衰白稀少得“不胜梳”，梳子要梳都没的可梳了，“不胜”就是不能够，禁不住梳了，“卫娘发薄不胜梳”。“羞见秋眉换深绿”，你看李贺用的形象都是很奇怪的，他不过要说人的衰老，但是怎么说呢？因为古人通常都说年轻人的眉毛是黛眉，所以贾宝玉给林黛玉取了一个别号“颦卿”，“颦”是眉毛皱起来的样子，林黛玉的眉毛是天生就有一点微颦的样子。贾宝玉还说：“西方有石名黛，可代画眉之墨。”古代常常把眉毛说成是黛眉。什么是黛色？黛是一种青黑色。有的时候很深很深的黑色会发出一种绿色或者蓝色的亮光，像野鸭子那个羽毛，上面好像闪有蓝绿色光彩的样子。而中国古代颜色的定义又不是那么科学的，因为黑色带着青，而青呢就又说是绿，所以常常说一个人年轻的时候的样子是绿鬓朱颜。你现在要是看到一个人长着绿头发、红脸面你会吓一跳，但在古代，朱是代表健康的、有血色的、年轻的，绿鬓就是黑色的、青黑色的鬓发，都代表着年轻。还不止是女的，男子也可以说“不辞镜里朱颜瘦”（冯延巳《鹊踏枝》）。所以“新绿”，就是你很年轻的时候的这种新鲜的、黛色的眉毛，有一天你的眉毛也衰老脱落了，或者变白了，那就变成秋眉。眉毛哪里有春秋？这就是李贺的修辞。要形容人的衰老，李太白会说：“君不见黄河之水天上来，奔流到海不复回；君不见高堂明镜悲白发，朝如青丝暮成雪。”（《将进酒》）他说得多清楚，早上还是青丝，晚上变成白雪了，别人从来没有把卫子夫的典故这么用过，但是李贺却说“卫娘发薄不胜梳”，这是他想出来的，说眉毛变白就变白了，但他说的是新绿的眉毛都变成秋天的眉毛了。“二十男儿那刺促”，刺促就是局促又碌碌无为的意思，是说一个人已经二十岁了，已经成年了，应该有所作为了，可是我为什么还这样局促，没有发展、不得志。而人生又这么短暂，有一天就秋眉换新绿了，二十岁的一个男子怎么会这样的刺促。所以虽然他的关怀面不是很广，但李贺的诗有他的那种非常瑰奇的想象，其中也确实有他自己的真正的一份很深刻的悲慨。

（胡静整理）

中晚唐诗人之七

*

# 李商隐

李商隐是一个比较奇怪的诗人。我现在还没有讲他的生平，先给大家看他的几首绝句，因为李商隐诗歌的一个特色，是可以给你一种直觉的感受，他的诗在直觉的感受上有很强烈的效果。所以我不讲这个作者的生平，也可以讲他的诗，他的诗可以从直觉的感受上来讲。当我讲了作者的生平以后，你们就可以对他的诗有一种更深刻的理解。

对于诗来说，我们理解它可以分两个层次，一是我们对于诗的直觉的感受，除此之外，我们还应该对于诗的内容的含义有更深刻的一层理解。现在，我还应该把七言绝句的几种不同的风格简单地说明一下，比如说杜甫，我们以前主要讲了他的五言古诗、七言律诗、五言律诗，可是杜甫的七言绝句我们没有讲。七言绝句有几种不同的风格。我们讲李白的时候，讲了他的七言绝句；讲王昌龄的时候，也讲了他的七言绝句，李白、王昌龄的七言绝句最能够代表盛唐诗歌的风格。我在以前多次说过，近体诗“平平仄仄”“仄仄平平”的音调格律是在唐朝形成的，而像李白、王昌龄这样的诗人是把盛唐近体诗的七言绝句使用得非常有特色的作者。

我以前曾经讲过刘禹锡的一首《竹枝词》，那是一种民歌的风格。你们如果看过电影《刘三姐》就可以知道，刘三姐会唱山歌，她不见得受过高等的教育，也不见得念过很多李白、杜甫的诗，可是她张口唱出山歌来，就是七言绝句的形式。这样的民间的歌也许不够典雅，也没有用古代的典故，刘三姐的知识可能很不够，可是她唱出来的声调、那种感发，直接地引起了你的感动，她的声调感发是很好的。

现在我要提出来一点，以前我屡次说过，大家可能没有注意到，我说中国的诗是重视吟咏的，吟咏就跟唱山歌一样，就是说，你唱的时候有一个调子，刘三姐所唱的都是七言绝句，都合乎近体七绝的形式。诗的文字是结合着声调出来的，这种感发除了情意的感发以外，声调本身也是带着直接感动的力量出来的。其实，这就是盛唐七言绝句的特色，文字的情意结合着声调，给人一种直接的感发。

而李白、王昌龄的七言绝句还有一个特色，我们曾经说过，就是他们的"兴"，是引起你兴起的一种感动。使人们引起感动的那个形象叫做"兴象"，李、王二人诗中的"兴象"是高远的。"朝辞白帝彩云间，千里江陵一日还。两岸猿声啼不住，轻舟已过万重山"（李白《早发白帝城》），"青海长云暗雪山，孤城遥望玉门关。黄沙百战穿金甲，不破楼兰终不还"（王昌龄《从军行》），诗人引起你感发的形象是非常高远的。这是盛唐的李白、王昌龄这一派诗人七绝的特色。

对于杜甫，我没有讲他的七绝，因为杜甫的七绝在七绝这种体裁里面是“变体”，就是一种不正常的体格，它的形式、音调是不正常的。什么叫“变体”呢？刚才我说过了，七言绝句是近体的诗歌，它有一个“平平仄仄”的固定的声调格律，杜甫的七言绝句是“变体”，当然，我不是说杜甫所有的七绝都不合声律，杜甫也有合乎声调格律的七言绝句，但杜甫七绝的特色是创造出来一种跟别人不同的体式，就是“变体”，是一种不合声音格律的七言绝句。杜甫有一首七绝：“前年渝州杀刺史，今年开州杀刺史。群盗相随剧虎狼，食人更肯留妻子？”（《三绝句》之一）这种七绝是杜甫的特色。我说过，杜甫的创作真的是写实，他是对当时唐朝的战乱、人民的疾苦，反映得最深切的一个作者，因为他最关心人民的生活。“前年渝州杀刺史，今年开州杀刺史”这完全不合乎声律，按照声律说起来，“前年”两字是平平，那么这一句应该是“平平仄仄平平仄”，尤其是第四个字、第六个字，在格律上是很重要的。这一句的第四个字应该是仄声，可是“州”是平声，这不对呀；第六个字应该是平声的，可是“刺”字是一个去声字，这个也不对呀。而且我们在讲格律的时候说过，如果第一句是“平平仄仄平平仄”，第二句就要“仄仄平平仄仄平”，可是他的第二句也不合乎格律，所以杜甫是完全把声律破坏了。

我们以前讲过他的《秋兴八首》，他在最后一首中说“香稻啄余鹦鹉粒，碧梧栖老凤凰枝”，“香稻”是主语，“啄余”是动词，“香稻”怎么能“啄”？这是不合文法的，所以杜甫不仅是破坏了声律，有的时候他好像也破坏了文法。可是，杜甫的这种破坏声律和破坏文法，不是像现在的一些标新立异的诗人那样，故意说一些人家不懂的话，其实他自己也不懂。杜甫不是这样的，他破坏声律也好，破坏文法也好，他的目的是要表现出诗歌最重要的本质，是感发的生命。他认为，要用破坏文法的形式才能把这种感发的生命表现得恰到好处，而且表现得更有力量。“香稻啄余鹦鹉粒，碧梧栖老凤凰枝”，这是他写“香稻”的多和“碧梧”的美，因为他一定要这样破坏文法才能把内心的感动表现出来。

那么，我们回过头来再来看“前年渝州杀刺史，今年开州杀刺史”这两句，杜甫真的是为当时的国家战乱、人民的流离感到痛心，所以他才这样说。本来写七言绝句是不能这样重复的，可是他把两个声调、句法完全相同的话重复起来说，这就是要加重诗的力量。像“平平仄仄”“仄仄平平”这样的句子，你唱起来是悠然的，像李白的“峨眉山月半轮秋，影入平羌江水流”（《峨眉山月歌》）写得非常潇洒、飞扬，可是现在杜甫所要表现的不是那潇洒、飞扬的情意，所以他就要用这种不合声律的句子来表达他的情意。不合声律的句子我们叫做“拗句”。“拗”就是指不顺利的，你念起来觉得句子中间有一个转折，使你不能够悠然自在地念下去，你要咬牙切齿、吃力地念才能够念出来，杜甫就是要表现这种感觉。“前年渝州杀刺史，今年开州杀刺史”，他不是要你像唱山歌一样地唱，他是要你很沉重地把它诵读出来，这就是他要达到的效果。所以对于诗来说，不是合乎声律的就好，不合声律就坏。其实，合乎声律的不一定都好，不合声律的也不一定都坏。

杜甫下一句说“群盗相随剧虎狼”，这些杀人的人，这些连刺史都杀掉了的盗贼，一个接着一个，“剧”是更甚、更厉害的意思。他们这些人比吃人的虎狼还要厉害，虎狼吃人，杜甫说群盗也吃人，他们把人都杀死了，跟虎狼吃人一样。“食人更肯留妻子”，“更肯”是一个问话，也许虎狼只吃一个人，可是这些盗贼杀人成性，他们能够把你的妻子留下来吗？他们能够说这些人是老弱妇孺就不杀了吗？所以杜甫说：“群盗相随剧虎狼，食人更肯留妻子。”

杜甫的七绝是变体，可是现在我们要讲李商隐，李商隐的七言绝句在唐朝也有一种特殊的成就。《千首唐人绝句》是专门摘选唐人绝句的一本书，而且那不仅是一个诗的选本，后边还附了赏评，就是很多批评、欣赏的话。这本书中对于李商隐的赏评有很多，很多人赞美过李商隐的七言绝句，因为李商隐的七言绝句跟杜甫的不同。一个人生在世界上，如果说写诗是一种创作，所谓“创”的意思是以前没有，现在带着新鲜的生命出现的，所以你总要写出来你真正的新鲜的、属于你的东西才可以。如果你只像一只会说话的鹦鹉，像林黛玉养的鹦鹉，只会说“姑娘回来了”，学人说话，你就是学得再像，也永远是第二流的，所以你一定要写出来真正属于你自己的东西才可以。只有这样，你的作品在文学诗歌的创作上才真正是有价值、有地位、有意义的诗歌，你才是优秀的作者。

杜甫是把声律破坏了，那是杜甫的创作，他把一种新的东西放到七言绝句里边去了。李商隐不是，李商隐是遵守声律的，所以李商隐不是从声律方面去破坏，他是在意境方面有创造，他是把七言绝句的内容的情意、境界开发了。他开发了什么呢？我们说李白的七言绝句写得好，“朝辞白帝彩云间，千里江陵一日还”，这是李白从四川坐船到武汉去。白帝城就是四川三峡的夔州，就是杜甫的《秋兴八首》中所写的那个白帝城。白帝城那么高，杜甫所说的“夔府孤城落日斜”就是那个高城。李白写得更美、更有色彩。他说，我早晨辞别了白帝城，在太阳刚刚出来的时候，天上一片红色的彩霞，那个高高的白帝城，白色的城墙，青色的高山，就在那一片朝日的红霞之中。李白写得不但是“高”而且“美”。“朝辞白帝彩云间，千里江陵一日还”，作者从重庆的白帝城来到了湖北的江陵。沿着长江，作者走了一千里那么远，因为是从上游向下游走，顺水而行，所以船走得很快，“千里江陵”一日就到达了。他写得真的是美。可是不管是杜甫写的白帝城也好，李白写的白帝城也好，他们所写的都是现实的景象。“白帝城高急暮砧”是杜甫所写的，他说在傍晚黄昏，听到一片捣衣的声音。李白说“朝辞白帝彩云间”，这些都是现实的景物和形象。杜甫所写的《秋兴八首》真的是好，真的是使人感动，他写的感情是什么？是现实的感情，杜甫的特色就是写实，他把唐朝整个时代的历史背景的现实都反映出来了，写现实的景象、现实的感情。李太白写了《远别离》，不是现实的。他说：“远别离，古有皇、英之二女，乃在洞庭之南，潇湘之浦。海水直下万里深，谁人不言此离苦？”他写的是离别，写的是人间最悲惨的离别，是一个神话传说中的离别，而他用这个神话传说写离别，里边寄托、隐藏有李白对于朝廷“失政”的感慨，“失政”就是政治败坏了。“君失臣兮龙为鱼，权归臣兮鼠变虎”，这是对朝廷政治上的错误、对朝廷“失政”所发出的感慨。他用的虽然是神话传说，但他所表现的是现实的感情，他所关心的是现实的事件。

现在我们要讲李商隐了，他对于意境有一种开拓，他所写的是什么呢？现在我们就看一看他的诗，然后再来下结论。

我现在把我要讲的两首李商隐的诗念一念，第一首是《海上》：

> 石桥东望海连天，徐福空来不得仙。
> 直遣麻姑与搔背，可能留命待桑田。

李商隐用的也是神话传说，但是他说的是些什么呢？我们先说《海上》。诗的题目是《海上》，诗里边所写的景象与海上有关系，但是李商隐所写的不只是说海上的风景而已。他说："石桥东望海连天。""石桥"是神话传说中的一座桥，当秦始皇统一六国、做了皇帝以后，他把人间的权力都得到了，然后就想长生。他听人家说，在中国的东海之上有神山，神山上有神仙居住，所以他就想远望，看一看能不能看见海上的神仙所居住的神山。于是，秦始皇就叫人在海上建一座长桥，其实这是不可能的，可能他们做了一些墩子，很长的，桥头可以一直伸展到海上去。据说是用很大的石块做成的，而且传说由于石块很大、很重，很难搬运，所以秦始皇就下令让做工的人用鞭子鞭打石头。皇帝有了权柄，他以为天上地下唯我独尊，他以为不但人听他的话，宇宙大自然什么东西都要听他的话，所以他就让人鞭打石头。这当然是神话。传说用鞭子打石头，白石就出血，白石上就有了一道道、一条条的红色的血纹。诗人说，就算用了这么多财力、物力、人力，建了这么一座长桥，当你来到桥头上，向东海上远望，你看见神山了吗？你看见神山上的神仙了吗？“石桥东望”，看见的是什么，是“海连天”。就算你是皇帝，你去看吧，你所看到的也是天接着海、海接着天。于是，秦始皇就让人造一条大船，派一个叫徐福的人，历史上也有人把他的名字写作“徐市”，秦始皇派他带着几千个童男童女到海上去求仙，但是，徐福和那几千个童男童女没有回来，他们到哪里去了呢？李商隐说，我想徐福大概不敢回来。“徐福空来不得仙”，秦始皇派遣徐福到海上去求神仙，求到了吗？没有求到神仙。秦始皇想求仙，可是天下根本就没有神仙这回事，你不管是鞭打得石头出了血，还是你派了大船、童男童女几千人，你仍然没有求到神仙，就是以你秦始皇的威权也没有求到仙，所以说“石桥东望海连天，徐福空来不得仙”，这是一层意思。

可是李商隐的诗没有停在这里，很多人的七言绝句就是写得再好，也只是写一个意思，绝句的四句我们说是起承转合，李商隐说了“不得仙”，他下面又说：“直遣麻姑与搔背。”就算你毫无阻碍地能够使麻姑给你搔背，麻姑是一个神仙，这又有一个神话传说。我们不是常说“麻姑献寿”吗？传说，麻姑这个仙女留着很长的手指甲，从古代就流行女子的手指甲留得很长。有一次，有一个人偶然有一个幸运的机会，他真的见到麻姑了，他看见麻姑的手指甲这么长，他的脑子里就忽然间动了一个念头，他想如果我的后背痒，自己抓不到的时候要是能让麻姑给我搔一搔背一定很解痒。他一动念，麻姑就晓得了，麻姑说，你怎么能有这样不恭敬的念头？而且麻姑还告诉他说，因为你见到神仙了，神仙的世界跟人间的世界是不一样的，你跟我这个神仙见面的片刻之间，在人间的世界上沧海曾经干涸了变成了桑田，桑田再陷下去，又变成沧海，这样沧海桑田的变化已经有三次了，极言人间的短暂。

现在你要知道，李商隐在诗中用神话，不是只单纯地用这个神话，他是把这个神话融入他自己的感情、意思来使用。麻姑搔背，就是一个人想，要是麻姑能给他搔背就好了，其实那个人没有真正让麻姑搔背，只是脑子里这样想，麻姑还骂了他一顿。可是李商隐使用这个神话的时候有他自己的意思。李商隐说，就算你不只遇到了麻姑，而且你真的让麻姑给你搔背了，这个人一定跟仙女有密切的关系，李商隐下面说“可能留命待桑田”，你真的能够永远就不死了吗？你能够留下你的生命，等待那沧海桑田的变化吗？你真的能够等到吗？李商隐的诗基本上有一个情调，他的诗基本上是写他有一种追求，有一种向往，而这种追求、向往是永远不可得的，如果就算是得了，也是不能保全的，永远是失落。他所写的世界，永远是一个失落的世界，永远是在追寻跟哀悼之间的怅惘，永远是在追寻跟失落之间。所以，他的诗就是用神话表现了这样的一种感情。

李太白的《远别离》，虽然也用了很多神话，可是他在诗中说“君失臣兮龙为鱼，权归臣兮鼠变虎”，他把现实的意思点明了，他所写的是政治上的争夺，可是李商隐说的是什么，诗里面点明了吗？没有。

第二首是《瑶池》：

瑶池阿母绮窗开，黄竹歌声动地哀。

八骏日行三万里，穆王何事不重来？

“瑶池阿母绮窗开，黄竹歌声动地哀。”这是另外的一个神话传说。因为他第一句写了瑶池，所以题目就叫作《瑶池》。我们说过，杜甫的诗中也写过“瑶池”，可是杜甫笔下的“瑶池”所指的，一个是玄宗喜欢求仙，一个是贵妃本来是女冠，女冠就是女道士，他所指的是现实。李商隐也写“瑶池”，他说“瑶池阿母绮窗开”，传说瑶池上有王母娘娘，所以这个“母”一般人都这么称，说是瑶池上的那个王母，可是李商隐说的是“阿母”，他为什么不说是“瑶池王母”呢？他完全可以说“瑶池王母”，第三个字平仄没有关系，而且“王”是平声，“阿”也是平声，他为什么要把“王母”写成“阿母”呢？你要知道，瑶池的王母娘娘是一个客观的、大众的一个称呼，一个尊称，可是你要把“王母”称为“阿母”就有一种很亲近的感觉，就仿佛是“阿哥”“阿弟”“阿妈”这样的称呼。“瑶池阿母”，如果天上真的有一个神仙，如果那个神仙真的关怀了我们人间，她就应该爱护我们，她就应该关心我们，她就应该拯救我们，那么“瑶池阿母”是不是不理我们呢？李商隐说，不是的，她是关心我们的，所以她整天把她所住的那个楼阁的窗子打开，“绮”是说有花纹的，那个窗子上有雕刻的花纹，很美丽的花纹，所以说“瑶池阿母绮窗开”。天上有一个像母亲一样关怀我们的神仙，如果她果然把她的窗子打开，她听一听、看一看我们下界人类的悲惨的生活。我讲这首诗的时候，常常会想起我很多年以前看过的一个剧作，那是瑞典剧作家史特林堡的作品。这个剧的一开场就是从舞台上边传来声音，整个舞台完全是黑色的，有一个人满身穿着黑色的衣服，他不代表演员，他手里拿着一个衣架，衣架的钩子上有一个人的脸孔，在黑暗中你看不清楚。舞台上有两个人对话，神（就是舞台上边的那个人）说，从天上到地下，我留下了一个孔道。天地之间、神仙和人类之间有一个交通的孔道。为什么每天从这个孔道传进来的都是哀哭的声音？为什么人类过着这么悲惨的生活？所以神就对他的女儿说，我要让你下去看一看，为什么人类是一片哀哭。于是他的女儿说好，就下来了。舞台上就从上方飘下一片白绸子，很轻的白绸子，那个绸子在空中一转，就落到了衣架上，于是那个有一个人的脸孔的衣架就如同穿上了一件衣服，成为了一个人形，然后神的女儿就见到了人间各种各样、不同年龄的、不同职业的、不同环境的人的经历，都是艰难困苦、悲哀的遭遇，人类是一片哀哭。

现在我们回到李商隐的作品上来。他说"瑶池阿母绮窗开"，如果天上有一个女子像母亲一样地关怀我们，她也会听到"黄竹歌声动地哀"。"黄竹"是一个山名，据说周朝的时候有一个天子，就是周穆王，他有八匹骏马给他驾车，他要到瑶池去见王母。当周穆王驾着八匹骏马经过黄竹山的时候，下起了大雪，路上都是被冻死的人，周穆王为他的人民而悲哀。为什么我的人民这么贫寒饥苦，在风雪之中都冻死了。所以穆王就作了《黄竹歌》来哀悼他的人民，"黄竹歌声动地哀"和史特林堡的剧作中的想象是符合的。周穆王的那八匹骏马跑得很快，传说一天能跑三万里路，"八骏日行三万里"，他到瑶池去见王母，他岂不是应该乞求王母拯救我们人类吗？几千年过去了，周穆王真的见到王母了吗？周穆王真的恳求王母拯救他的人民了吗？李商隐说："穆王何事不重来？"如果王母是关心我们的，是把窗户打开的，为什么没有一个人到王母那里去替我们这些悲哀的人民求一个拯救呢？"穆王何事不重来？"那个当年追求神仙的周穆王为什么不再到瑶池去了呢？这一句让我们想到的是这种追寻本来就是虚幻的。如果早就有周穆王，如果早就追求到了王母，那么为什么到了李义山的时代，人民还在悲哀之中呢？为什么整个唐朝，李义山所生活的那个人间的世界，还是这样悲苦？如果果然有瑶池，果然有阿母，她的"绮窗"果然是打开的，那为什么一直到现在这种能够求得神仙、见到阿母的事情永远也不会再发生呢？

讲到这里我们就要讲陶渊明了，陶渊明有一篇很有名的散文叫《桃花源记》。在《桃花源记》里边，陶渊明在自己的想象之中所要写的是一片人间的乐土，在人世之间有一片桃花源，那里的人男耕女织，过着最朴实的生活，没有竞争、狡诈、欺骗这些罪恶的事情，这是陶渊明假想的一片人间的乐土。可是他最后说什么？进入桃花源的那个人，后来离开了桃花源，回到了外边的世界，他要再想回到桃花源里去的时候，就迷路了，没有办法再回去了。而且陶渊明说，后来有一个叫刘子骥的人，听说了这件事情，也想寻找这个桃花源，他也迷路了，也没有找到。陶渊明在文章的最后说："后遂无问津者。"陶渊明这篇散文，表面上就是说一个故事，看起来一个很简单的故事，可是陶渊明的感慨用很短的几个句子表现了出来。桃花源里边的那些人民，"不知有汉，无论魏晋"，他说，桃花源里的人是在秦朝的时候就躲避在这里了，所以他们不知道后来的汉朝，更不知道后来的魏和晋朝。中国历史上魏之篡汉、晋之篡魏，一直到陶渊明的东晋的时代，中国大半的北方国土沦陷在异族之中，那个灾难、这种人民的痛苦是一代比一代更加深重的。住在桃花源的人，他们不知道有汉朝，更不用说魏晋了。天下果然有这样一个桃花源，能够不经历像人间的魏晋这样的战乱悲苦的事情吗？这是陶渊明的假想，在这句话里他有很多的感慨。以前还偶尔有人去试一试，渔人偶然找到了桃花源，但后来迷路了。刘子骥呢？他本来也想去找的，后来因为生病，所以没有能够找到就死去了。陶渊明最悲哀的一句话是“后遂无问津者”。就是说，后来没有再想要寻找这个渡口的人了，连有理想去追寻这个美好境界的人都没有了。

“八骏日行三万里，穆王何事不重来？”李义山所要说的就是这种追寻，过去有过这样的记载，而这种追寻本来就是虚幻的，本来就是没有的。如果有的话，“穆王何事不重来”？穆王要去找王母，有种种原因：一个是个人的原因，是为他个人的追寻，只是以个人求得长生不老，只是为了满足私人一己的愿望；第二个，从他所写的“瑶池阿母绮窗开，黄竹歌声动地哀”来看，不是为他个人的追寻而是为了天下的追寻，那“动地哀”的人间能不能得到拯救？为什么再也没有一个穆王要去追寻瑶池的阿母呢？而穆王走到黄竹，在他个人追求神仙的路上，他也曾经为人民的饥寒而作了黄竹的哀歌，现在有这样的人吗？有这样的穆王吗？就算有这样的人，有这样的穆王，但还有真的八骏能够带他到瑶池阿母那里去吗？这就是李义山的感慨，可是他并没有像我这样很笨地明说，他完全是用感发来表现的。这是李商隐七言绝句的特色，有很奇妙的一种意境，他可以用很短的诗表现很幽深奇妙的一种境界。

上一次我们讲了两首李商隐的七言绝句，一首是《海上》，另一首是《瑶池》，李商隐在诗中所用的典故都是人世间所没有的，都是出于神话的。我们要注意一点，就是诗人在他的诗里面所用的形象。一般说起来，杜甫诗中的形象通常都是现实中的形象，他在《秋兴八首》中说“织女机丝虚夜月，石鲸鳞甲动秋风”，“织女”虽然是神话故事中的神女，但是在昆明池的旁边，真的有一个“织女”的石像。李商隐在《海上》和《瑶池》两首七绝中，所写的是现实中所没有的形象，都是神话。但他也不是不写现实，他也有写现实的作品。

下面我们看他的一首诗《东下三旬苦于风土马上戏作》：

> 路绕函关东复东，身骑征马逐惊蓬。
> 天池辽阔谁相待？日日虚乘九万风。

这首诗写的是现实的生活。“东下三旬”就是说他向东走，走了差不多将近三十天了。古代交通很不方便，路都是黄土路，中国西北部的风沙是很大的，所以他说“苦于风土”。他骑着马走路的时候，在马上作了这一首诗。“路绕函关东复东，身骑征马逐惊蓬。”他说，我绕过函谷关向东走，“东复东”就是不停地向东方走。我们说，诗的好坏不是看你写的是什么内容，而是看你怎样写，要看感发的力量和表现的方法是怎样的。他说“征马”，就是一个行走的、前进的、在路上的形象，而李商隐在“马”前用了一个“征”字。我在讲杜甫诗的时候曾经说过，杜甫有一首很有名的诗叫《北征》，“征”不一定是打仗的意思，在这里，“征”是远行的意思，就是走很远的路。“马”字本身给人的形象就已经是路上奔波的形象了，“征”字也是指远行的、长途的奔波。李商隐说，我所骑的就是这样的一匹马。骑马是很现实的一件事情，可是他说，我是骑在“征马”之上。他给我们的感觉就是他人生的这种奔波的感受。这还不算，他说，“路绕函关东复东”，这“东复东”三个字给人一种不停地奔波，一直向前走，从没有停下来过的感觉。骑着“征马”到什么地方去？回家？不是。他说：“身骑征马逐惊蓬。”我所追逐的是什么？是蓬草。中国古人常常用蓬草来表现一种漂泊的感受。蓬草的茎很细，上面有一个很大的“头”，秋天的时候，风一吹，它的茎就折断了，蓬草就随风乱转，像蒲公英一样。这是一种漂泊的、没有依托的形象。中国诗人常常说人生好像是“飘蓬”，或者是“转蓬”，所以蓬草给人的感觉是漂泊无依。什么叫做“惊蓬”呢？这是说，本来就漂泊无依的蓬草，现在又被惊风吹起来。“惊风”是什么风呢？不是夏天很凉快的微风，而是忽然间刮起的一阵大风、一阵旋风。“逐”就是“随”，他说，我长途奔波，漂泊无依，我骑的是征马，我所追随的是在惊风之中漂泊的蓬草，我到底要到哪里去呢？“天池辽阔谁相待？”我有一个目的吗？将来等待着我的，有一个美好的未来吗？“天池”的传说是出于《庄子》中的《逍遥游》，讲的是人的精神可以摆脱世界上的一切约束，达到一种逍遥自在的境界，所表现的是一种哲理的思想。《逍遥游》里边有一则寓言故事，说："北冥有鱼，其名为鲲"，"化而为鸟，其名为鹏"。北海有一条大鱼，它的名字叫"鲲"；鲲变成了一只大鸟，它的名字叫"鹏"。鹏飞起来，翅膀一张开，像垂在天上的一片云彩，可以上冲九万里。鹏要飞到哪里去呢？它要向南方飞去，南方有一片很大的海，叫南冥，"南冥者，天池也"。南冥这个地方叫做天池。这条鱼变成鸟，要飞到南冥去，做什么呢？庄子说"去以六月息者也"，说它是到南冥去，要飞六个月才止息。所以天池是鹏鸟的一个目的地，在那里它是可以得到安居的。世界上有一个地方可以真的使你的身心都得到休息和安居吗？李商隐说，我就是在追求这样一个地方，"天池"对我来说究竟在哪里呢？那真是太辽阔了。

我说过，李商隐所表现的他的悲哀总是更深一层的，像上次我们所讲的《海上》，他说："直遣麻姑与搔背，可能留命待桑田。"不用说世界上没有神仙，就算世界上有神仙，就算你见到了神仙，神仙和你也有了可以给你搔背的密切关系，你真的就能长生不死了吗？在这里他说，天池是辽阔的，就算你到了天池，怎么样？"天池辽阔谁相待"，你有一个伴侣吗？就算你到了天池，你也是孤独的，也是寂寞的，没有人在那里等你。李商隐说，他的人生就是"路绕函关东复东，身骑征马逐惊蓬"，就算到了天池，"天池辽阔谁相待"，我过的是什么样的生活？是"日日虚乘九万风"，我每天都在这可以转到九万里高空的风中，就是《庄子·逍遥游》中说的那种风，是狂飙吹起来的那样强大的风。他说，我就如同乘着风一样漂泊，我有一个目的吗？有一个目的也好，但是我没有一个目的，就算我有一个目的，将来达到了那个目的，也是虚空的，所以说“虚乘九万风”，“虚”是白白的。李商隐写的神话是悲哀的，而且是怅惘哀伤的，他永远在追求，永远是失落，这就是李商隐。这种怅惘和哀伤的情调，这样的境界，是最能够代表李商隐诗的特色的。我以前曾经说过，李商隐的七言绝句在唐朝诗人的绝句里边有特殊的一种成就，他不是像李太白、王昌龄的诗讲究那种音节的抑扬、起伏，讲究那种飞扬、高远的气象。他也不是像杜甫那样沉重。

前面我提到有一本书叫《千首唐人绝句》，里边有批评李商隐七言绝句的话，我可以摘抄几句给大家看一看：

> 义山佳处，不可思议，实为唐人之冠。一唱三弄，余音袅袅，绝句之神境也。
>
> 义山七言绝句，意必极工，调必极响，语必极艳，味必极永，有美皆臻，无微不备，真晚唐之独出，即一代亦无多也。

书中这些批评的话没有包括李商隐其他体裁的作品，他的其他体裁的作品有另外的特殊成就。对于李商隐，虽说很多人认为他在品格、道德上不能跟陶渊明、杜甫这样的人比美，可是他在艺术上的成就是非常有特色的。《千首唐人绝句》上说“义山佳处，不可思议”，这是说李义山七言绝句的好处，是你所不能想象的，怎么会有一个人能写出这样的诗来，而且很难加以说明，所以说“不可思议”。“实为唐人之冠”，说他是唐朝人七绝里边的“冠”，就是最高的，是“一唱三弄”，“一唱三弄”是形容唱歌的，说你发出的声音有婉转的余音。“余音袅袅”，是说飘动不绝的样子。书上还说他的绝句是“绝句之神境也”，是绝句里最高的境界。

“义山七言绝句，意必极工”，这句话是说，他的诗有很深刻的意思，像我们上次所讲的“瑶池阿母绮窗开，黄竹歌声动地哀。八骏日行三万里，穆王何事不重来”，都是有很深刻的意思的。“调必极响”，就是说李义山七言绝句的平仄念起来声调起伏。我常常说，中国近体诗的一个特色就是它的感发，不只是说字的意思里边情意上的感发，而且声音的本身也要带着一种感发。我现在只是诵读，并不是吟诵，中国的诗可以吟咏，就像唱歌一样，这样就更能把诗的感发传递出来。“语必极艳”，我们以前所讲的那几首李义山的诗，还很难说是如此的，其实李义山的诗，说到“艳”的话，是因为他的七言律诗里边写男女爱情的诗比较多。在《唐诗三百首》中，七言律诗这个体裁里，选了很多李商隐的《无题》诗。一般的诗都有一个题目，可是李商隐的很多诗没有题目，我们刚刚讲的《东下三旬苦于风土马上戏作》，这是诗的题目，但是《瑶池》就不见得是题目，只是因为诗的第一句里边有这么两个字，所以就把这首诗的题目叫做《瑶池》了。李义山所写的诗歌里边常常表现的不是某一个事件，因为他不给你指出一个题目来，不是确指哪一个事件，他所写的是他自己的感情，他心灵中的一种境界，他的追求、他的失落、他的怅惘哀伤。我们所讲过的《东下三旬苦于风土马上戏作》这首诗，好像写的是在行程中的事件，可是他在诗中所写的已经不限于这一个事件，他要表达的是他感情、心灵的境界。他常常以诗的第一句的两个字做题目，或者就真的没有题目，比如他说“蜡照半笼金翡翠，麝熏微度绣芙蓉”（《无题四首》之一），蜡烛的光笼罩下来，照在翡翠这样一个形象之上，“翡翠”一般指的是佩戴的戒指、耳环上的翡翠装饰，但我们以前在讲陈子昂诗的时候说过，他有一句诗是“翡翠巢南海”（《感遇》三十八首其二十三）。“翡翠”指的是一种鸟，古人把翡翠鸟很美丽的羽毛拔下来装点在衣服上，或者是床上、被褥上。我曾经到长沙的马王堆看了挖掘出来的女子的坟墓中的殉葬品，我真的看到了殉葬品上面有羽毛的装饰。“蜡照半笼金翡翠”，蜡烛的光一荡，照在有金绿颜色的翡翠鸟的羽毛上。刚才我说了，翡翠鸟的羽毛可以装饰在女子的衣裙上，可以装饰在衾被上，李商隐告诉你装饰在什么地方了吗？他没有说，他只说了那个形象，就是那金绿色的翡翠鸟的美丽的羽毛。“蜡照半笼金翡翠，麝熏微度绣芙蓉”，“麝”是一种动物，麝香就是它身上的分泌物，麝香的香气就是熏香，“微”是淡淡的，“度”是飘过来，麝香的香气慢慢地飘过来，从绣着芙蓉花朵的那个东西上面飘过来。“金翡翠”是什么？作者没有说。“绣芙蓉”是什么？作者也没有说。“翡翠”和“芙蓉”就是衣服、衾被上的装饰。李商隐写的是在深夜里的一个孤独寂寞的女子的闺房，“蜡照半笼金翡翠，麝熏微度绣芙蓉”，写得非常美丽。李商隐有的诗的词句写得非常艳丽，而且“味必极永”，就是说句子的滋味是很长的，能够给你很多回味。“有美皆臻”，这是说凡是一切艺术的美的境界，李商隐“皆臻”，“臻”是说他都达到了。“无微不备”，无论多么细小的那种艺术，他都没有不完备的。“真晚唐之独出”，称赞他是晚唐非常杰出的诗人。其实，李商隐不只在晚唐是一个杰出的诗人，就是把他放在整个唐代来说，也没有几个人能够达到李义山诗的境界。

以上，我只是给大家讲了李商隐的七言绝句。我曾经说过，我们介绍作品有几种不同的介绍方法，比如说杜甫，就一定要结合他的生平来讲他的诗；而韩愈的诗，像他的《山石》之类的诗，像王维的《栾家濑》之类的诗，就不需要结合作者的生平，只讲他的诗就好了。所以说，有的作者我们一定要讲他的生平，你才能懂得；有的作者不讲他的生平，你就可以直接掌握，他对于大自然中景物的感受，你就可以直接体会。可是，我们现在讲李商隐这个诗人，就要看两个方面，一方面像我们以前讲过的他的那些诗，我们都没有讲他的生平。很多人常常认为李商隐的诗有一种“内力”，有一种感动你的力量，你就是不懂，也会喜欢他的诗，他在直觉上就给你一种吸引，给你感动，所以我在讲李商隐的生平之前，先讲了他的诗，你们也觉得不错。然而，对于李商隐的诗，你不知道他的生平可以用直觉去体会，但是，当你知道了他的生平以后，你就可以有更深刻的体会。

李商隐为什么总在追求，总在失落，总在怅惘哀伤之中呢？我曾经说过，一个诗人的形成，一定是有他本身的心性、禀赋的原因。在这些方面，每个人生来一定是不一样的，有的人天性就比较刚强，有的人天性就比较柔弱，虽然说后天可以有一点影响，但是先天一定是不同的。先天的心性、禀赋和后天的环境、遭遇，造成了李商隐的这种风格，一个是他在感情方面的怅惘哀伤，一个是他在表现方面的迷离恍惚。他说得不清楚，所以他给人一种孤独感。为什么会造成这样的一个结果呢？我们现在就要讲他的环境和遭遇了。

李商隐的一生是很不幸的。他是怀州河内（今河南沁阳）人。小的时候，他的父亲在浙江附近做事。他父亲在他九岁（按照中国的传统来说是十岁）的时候就死去了，死在了浙江。李商隐后来写过一篇文章叫《祭裴氏姊文》。他的姐姐死去以后，他回想他们小时候艰难困苦的生活。他在文中说“年方就傅，家难旋臻”，一个九岁的孩子，正是应该送到小学去念书的时候，李商隐说，我刚到入学的年龄，“就傅”，“傅”就是师傅，指的是入学。“旋”是很快的。他说，我刚到入学的年龄，就遭遇到家里最大的灾难。李商隐是家里最大的男孩，他马上就要负起责任来了，所以他说“躬奉板舆”，“板舆”就是木板车，木板车上是他父亲的棺柩。“躬”说的是他自己，“奉”就是陪着。当年，李商隐一个九岁的小孩子，就要亲自把父亲的棺材运回河南的故乡去。“以引丹旐”，在我们中国，人们常说，人死去了，会有一个魂魄转世，所以就有了引魂幡，这就是“旐”，从前北京的俗话称“打幡儿的”，“打”就是举起来，举着“幡儿”，这是儿子应该做的事。他说，他们那个时候孤苦伶仃的，“四海无可归之地，九族无可倚之亲”，李商隐的父亲去世的时候，他们已经离开河南老家很久了，在河南没有一个地方可以住，四海之内没有可以去的地方，九族之中所有的亲戚里面没有一个可以依靠的亲人。根据李商隐的文章来看，唐朝也有“户口”，当时他们要回到河南去，可是河南没有他们的“户口”，真的是“四海无可归之地，九族无可倚之亲”，他就是在这样艰难困苦的生活之中成长起来的。

在古时候，父母之丧是三年，作为儿子，这三年要守孝，而且基本上不能出来工作，李商隐说“及衣裳外除，旨甘是急”，等到脱除了丧服，就是守孝期三年满了的时候，马上要面临的一个问题就是谋生。李商隐的父亲做官时也许还有一点点钱，可是沿途运灵柩回来，守孝三年，也用得差不多了，所以他说，丧服一脱，“旨甘是急”，“旨甘”是好吃的东西，是他自己要找好吃的食物吗？不是，这里说的“旨甘”指的是尽孝的食物，因为李商隐是家里的长子，他的父亲已经死去了，他要奉养母亲。当时，如何谋生奉养他的母亲是一件非常紧急的事情。

一个九岁的孩子，守了三年孝，不过十二岁左右，他能做什么工作呢？“佣书贩舂”，“佣”就是雇工，李商隐被人家雇去做抄写的工作。因为在唐朝，印刷还不流行，还不发达，敦煌发掘出来的很多是唐朝的写本，唐朝都是抄写的本子，到了宋代，刻版才流行起来。李商隐除了给人家抄写还做什么呢？“贩舂”，“贩”就是卖，卖东西是卖，出卖劳力也是卖，李商隐出卖劳力去做什么呢？“舂”就是给人家舂米。他“佣书贩舂”以奉养他的母亲，维持一家的生活。在这样困苦的条件下，李商隐仍然坚持苦读，因为他不得不奋斗，他希望有一天能够改善他们的家境。

就在这个时候，有一个大官叫令狐楚，他做了河阳的节度使。河阳就在河南，就是李商隐的老家。令狐楚来到河南后，读到了李商隐所写的诗文，认为这个年轻人有才学，很欣赏李商隐，就让李商隐来到他的幕下。当时，凡是从中央政府出来到地方去做事的官员，都有一个幕府。李商隐来到令狐楚的幕下做事以后，令狐楚就开始训练他。这种训练对于李商隐来说是幸运的，也是不幸的。人生的遇合是很难说的一件事情，你遭遇了一件事情，也许当时是幸运的，对于以后来说，也许就是不幸的。也许从这一方面看是幸运的，从另一方面看就是不幸的。令狐楚对于李商隐就有着多种的影响，一个是对他文学方面的影响，一个是在他仕宦方面的影响，而这两方面，对于李商隐来说都有幸与不幸的际遇。

先从文学上来说，李商隐从小就写诗文写得很好，可是李商隐原来是写古文的，就是韩愈、柳宗元所提倡的古文，就是那种文言的散文。历史上记载着说，他十几岁就写过《才论》《圣论》。我们说一个人“三岁看大，七岁看老”，杜甫开笔的诗写的是什么？他说：“七龄思即壮，开口咏凤凰。”（《壮游》）李商隐写的是《才论》和《圣论》。我们可以从他选择的题目了解他内心所关心的是什么。我们可以看到他从小就有一个追求，有一个理想，有一种反思，什么叫做“才”？怎样发挥你的才？怎样使用你的才？怎样成全你的才？什么叫做“圣”？怎么样做才是一个品格完美的人？“圣”的标准是什么？成为“圣”的过程是什么？李商隐从小写的古文就代表了他的一种追寻，追寻一个最高的完美的理想。《才论》和《圣论》这两篇文章没有收到李商隐的文集中，历史上只是记录下来他曾经写过这两篇文章，可惜没有传下来，我们现在读不到了。

李商隐遇到令狐楚以后，令狐楚说，你写的古文不是现在所流行的，现在社会上流行的风气是写骈文，你要想在现实的社会立足，你的古文写得好，人家不欣赏、不注意你，你的骈文写得好，人家才欣赏你。而且那个时候在幕府之中，朝廷的公文、大臣给皇帝上的奏折、酬应的文字都是骈文。虽然中唐柳宗元、韩愈提倡古文，可是晚唐又恢复了骈文。所以令狐楚就训练李商隐写骈文。我认为，从这一点上说，对于李商隐是不幸的，因为他把自己原来所写的古文放下了。我认为李商隐如果当年从古文发展下去，他可以写出很好的古文来，因为李商隐是一个有着非常锐敏的感觉的一个人，如果把这种锐敏的感觉放到散文里边去，一定是很美的，一定是与前人风格不同的散文。李商隐的七绝是自己开辟了一个境界，是前人所没有的，他如果真的把古文写下去、留下来，也一定是前人所没有的古文。但是很可惜，他把古文放下了，后来编集子的人也没有把他的古文收进来，我们看不到了。但是我还要说，这也是李商隐的“幸”，因为他后来就靠他的骈文谋生了。后来李商隐的一生都是在人家的幕府之中做事，给地方的军政长官写文章。这些军政长官来往的公文、应酬的文字都让李商隐去写，李商隐给他们做秘书，以此为生，所以我们看一件事情要看它的两个方面。

从仕宦这方面说，李商隐遇到了令狐楚，令狐楚也很欣赏他。李商隐以后要谋求一条生路，就一定要经过科举考试，李商隐以前考过两次，都没有考中，后来因为结识了令狐楚以及令狐楚的儿子令狐绹，他们就“为之揄扬”。唐朝有这样一个风气，你看王维，他要考进士，先请人带他去见一见公主，表演一个音乐的演奏。唐朝有很多主考官，他们选拔人才，不是专凭考生文学的成绩来选拔，他们要看考生有没有背景、有没有名声。说到这里，就不能不赞美欧阳修。欧阳修让苏东坡和他的弟弟一下子都考上了，他们是从四川来的，从来没有人听说过他们的名声，所以苏东坡和他的弟弟一考上，天下人都很惊奇，怎么会从四川冒出这么两个人来？欧阳修是真正按照他们的文学成绩选拔的。欧阳修很有眼光，中国很重视这一点，读书人除了自己的品德学问以外，还要有“识鉴”，就是说你能不能认识、鉴别人物的贤愚、高下。令狐楚和令狐绹为李商隐“揄扬”，于是，李商隐就考中了进士。唐朝还有一个习惯，在中央政府做官的人，如果想为女儿选女婿，最好的办法就是从新科的进士里面选，看谁年轻、有才学，就把他选作女婿。后来，李商隐就娶了王茂元的女儿，而这就是一件很奇怪的事情。在唐朝的时候，朝廷里边有党争，王茂元是属于宰相李德裕一党，而令狐楚是属于牛僧孺一党，李商隐考中了进士以后，跟王茂元结了亲，令狐楚和令狐绹就对李商隐有了意见。不久，令狐楚就死了。后来，令狐绹做了宰相，他对李商隐是从来不加援手的。李商隐是一个很有正义感的人，他对于人的批评是看他本身的好坏，而不管这个人是李党还是牛党。所以，这样的结果，就使得两党的人都不喜欢他。王茂元对他也不大提拔，所以说，李商隐的仕宦之路是很不幸的。

李义山诗歌特色的形成，是与他生平的遭遇密切相关的。我曾经多次说过，任何一个诗人风格的形成，都和他自己本来的个性的资质有关。每个人生下来就是不一样的，诗人风格的形成是他个性的资质与环境的遭遇相结合的结果。毫无疑问，李义山在感受上是非常敏锐的，他在感情方面非常深挚，而且是一个富于想象能力的诗人。他的基本个性应该是如此的，那么他的生平的遭遇我也说过了，在他小的时候，父亲就死了，就遭遇到这种家庭生活的不幸。他的生活是很困苦的，他十几岁的时候，给人家做抄写工作，甚至于还要做舂米这种体力工作，可是他坚持苦读，所以他在少年的时候，就得到了令狐楚的欣赏。李商隐去考进士，考了两次都没有考中，后来经过令狐楚和令狐绹的推荐，他考中了进士。可是他考中了进士不久，就被另一个高官叫做王茂元的看中了，选择他做女婿。而王茂元跟令狐楚两个人在朝廷里是敌对的。我现在越来越发现，中国的诗有时候真的是比西方的诗更难懂，因为中国的诗人都有一种儒家的用世之心，这样就会卷到当时的政治中，和时代有很复杂的关系，所以中国的诗很难懂。令狐楚属于牛党，牛党的领袖人物是牛僧孺；王茂元属于李党，李党的领袖人物是李德裕。关于这两党非常复杂的政治斗争，你们要去看唐朝的历史才能了解，我今天不能够详细地解说，可是你要知道，令狐楚是从李商隐少年的时候就欣赏他的，而且推举他考中了进士。按照中国旧日士大夫的观念，令狐楚算是李商隐的恩主。王茂元更不用说，他是李商隐的岳父。可是，后来李商隐与这两个人之间发生了误会。令狐楚死后，令狐绹做官做得很显贵，做到宰相的地位，而令狐绹对于李商隐一点也不肯帮助，所以李商隐心中有很多幽怨。就是说，他在两个方面都得不到谅解。都是最亲近的人，可是都得不到他们的谅解，而李商隐心中的这种怨恨很难直接地写出来。因为中国读书人的头脑中有伦理、修养的观念。就算是岳父对你不好，你怎么能够明白地说出他对你不好？你怎么能够明白地表示对你岳父不满？这是不可以的。而且李商隐跟他妻子的感情是非常好的，他的妻子是非常谅解他的。李商隐心中这种幽怨的感情，使得他有敏锐的感受、深挚的感情、丰富的想象力，所以就形成了他的诗的一种特色。他带着很深的幽怨，但他不直接地说，都是委婉曲折地去写，这是形成他的诗风的一个原因，是他个人的原因。

还有当时时代背景的原因。我们以前讲杜甫的时候说过，玄宗的时候有安史之乱，后来就是肃宗、代宗、德宗、顺宗，这是唐朝后来的几个皇帝。从安史之乱以后，唐朝就已经出现了几种弊病，第一个是宦官专权。肃宗做了皇帝以后，玄宗就在宦官的挟制之中，而且这些宦官可以不得到肃宗的旨意，就私自把玄宗迁移，把他从“南内”迁到“西宫”，所以《长恨歌》中说:“西宫南内多秋草，落叶满阶红不扫。”“西宫”跟“南内”是唐玄宗曾经住过的两个地方。“南内”是玄宗早年所居住的宫殿，叫做兴庆宫，那是他没有做皇帝时所住的一个宫殿，在长安城的东北角上，玄宗愿意住在那里，那个地方离外边比较近。玄宗做了几十年的皇帝，虽然发生了安史之乱，但人民对他还是很有感情的，所以很多百姓、官宦经过城的东北角的时候，就遥望着兴庆宫叩拜。宦官认为这是不好的，就假托肃宗的命令，带着宫中的军队胁迫玄宗，让他搬到里边、和外界隔绝的地方去居住。代宗、德宗的时候，也发生了许多事情，因为从安禄山叛乱以后，各地就出现了藩镇跋扈的局面，这些节度使都专权。我以前不是说唐朝的首都长安被人家占了很多次吗？在代宗、德宗时期，有的时候是首都沦陷给外族，有时各地方又被军阀占领了，经过了很多这样的事情。到了顺宗的时候，皇帝任用王叔文，王叔文又给皇帝推荐了柳宗元、刘禹锡等人，他们要改革政治，要削减宦官和藩镇的权力。这样一来，他们就被宦官和藩镇所忌恨。后来，王叔文被赐死，柳宗元、刘禹锡等很多人都被贬了。顺宗在位的时间是很短的，因为他做皇帝以前就得了中风。后来，就立了他的儿子做皇帝，就是宪宗。而当时把顺宗废掉、立宪宗的主持人就是宦官和藩镇，是他们做的主。宪宗做了皇帝以后，因为他是被宦官所拥立的，所以宦官的权力就更大了。这时，唐朝就出现了三种弊病：宦官专权、藩镇跋扈以及朝廷内的党争。

李商隐就生在宪宗的时代，他的一生经历了宪宗、穆宗、敬宗、文宗、武宗、宣宗六位皇帝。李商隐只活了四十几岁，可是在这四十几年之中，唐朝就换了六个皇帝。宪宗宠任宦官的结果是被宦官杀死了。唐朝有两个皇帝是被宦官杀死的，当时的宦官对于皇帝有生杀废立的权力。宪宗是被宦官杀死的，敬宗也是被宦官杀死的。穆宗和武宗呢？穆宗喜欢求仙、服药，他和武宗都是服药致死的，都是很年轻就死了。因为穆宗年岁不大就死了，所以敬宗即位时只有十六岁。敬宗即位以后，一个十六岁的孩子根本不懂什么政事，他一天到晚就跟着宦官踢球、打猎，结果被宦官杀死了。他在位的时间差不多有三年，被宦官杀死以后，他的弟弟做了皇帝，就是文宗，当时只有十七岁。敬宗只是贪图享乐，文宗和他不同，有心要改善政治。可是那个时候，国家的三种危险的弊病已经形成了，文宗没有办法挽回。

文宗主持过一次特别的考试，这个“特科”是专门考直言敢谏的人。当时有一个人叫刘蕡，他就提出了朝廷的这三种危机。如果在“直言敢谏”的时候，你只是随便说说，说怎么样能够增加税收、怎么样能使国家更加富有这类的话，皇帝、考官看了都会很高兴，可是刘蕡真正提出来了宦官专权、藩镇跋扈这些问题，就使得主考官不敢录取他。当时和他同科考试的一个人就是杜牧，还有一些其他的考生，他们知道了刘蕡没有被录取而他们被录取了以后，这些人就说，刘蕡没有被录取，我们也不接受录取。他们说，刘蕡下第，我辈皆羞。像刘蕡这么一个正直的人落第了，我们这些人考上了就是耻辱。可是没有办法，当时文宗就算是想要录取刘蕡，他也不敢。为什么宦官可以把皇帝杀死？宦官本来是奴仆的身份，可是他能接近皇帝呀，皇帝每天都被宦官所包围，得罪了宦官，生死就不保。所以说，文宗不敢录取刘蕡。宦官痛恨刘蕡，就以各种罪名把他贬到柳州去做司户参军，后来刘蕡就在被贬的地方死去了。他死后，很多人都不敢作哀悼刘蕡的诗，但李商隐写了几首非常好的诗来哀悼他，像《哭刘蕡》《哭刘司户蕡》。

后来，文宗也想把宦官除掉，他就联合了两个人，一个叫李训，一个叫郑注。他们诈称皇宫一个院子的石榴树上有甘露。古人相信甘露是一种祥瑞的征兆，所以就要请皇帝来看。因为皇帝每天都被这些掌权的宦官所包围，所以皇帝来时，这些宦官一定会跟着来，那时就可以将宦官除掉。李训和郑注就在暗中埋伏了武士，让他们隐藏在帐幕的后面。可是当这些宦官去探看的时候，正好有一阵风吹过，帐幕飘动起来，就看到了在帐幕后面隐藏的武士，于是计谋失败，宦官就把李训、郑注、宰相王涯以及很多大臣都杀死了，这就是历史上有名的“甘露之变”。文宗死后，武宗即位，他和穆宗都是求仙、服药致死的。武宗以后就是宣宗。宣宗的时候，令狐绹做了宰相，做了十年之久。这对李商隐来说本来是好事，因为令狐绹是李商隐旧日恩主的儿子，是他年轻时的好友。李商隐十几岁的时候，令狐绹也很年轻，他们一同在令狐楚的手下长大。可是令狐绹为相十年，对于李商隐一点也不加援引，不给他一个回到首都来工作的机会，所以李商隐就终身在幕府之中，做掌管文书的工作。李商隐的文集叫做《樊南文集》，那里边十之八九都是为人家做的文章，就是说，他不是写他自己的思想感情。李商隐是很抑郁的，他的诗作不肯明言的另外一个原因是，谁敢直接地指斥宦官、藩镇？没有一个人敢直接说。古人说，文字可以“贾祸”，“贾”就是买来的意思，用文字可以买来、得到祸患。

李商隐的诗之所以这样哀怨而且不肯明说，一个是因为他自己私人的感情如此，他对于令狐绹、王茂元的那种内心的感情，不能够直接讲；另一个是因为政治的原因，他对于宦官、对于藩镇的不满，也不敢直接地讲，所以他的诗形成了这样的风格。

我们开始讲李商隐的绝句的时候，是从他的特色，就是他与别人不同的方面讲起的，可是我们如果从李商隐诗的整体来说的话，李商隐不是只写这些我们所说的充满了神话的、让人家看不懂的诗。整个唐朝，在杜甫以下，模仿杜甫的诗人很多，韩愈是模仿杜甫的，他在文字方面下功夫；白居易也是模仿杜甫的，他的诗反映民间的疾苦，他们都是受了杜甫的影响。可是，如果从感情方面来说，如果真正从打动读者的感发的力量来说，李商隐才是真正继承了杜甫，受到了他的影响。李商隐受了杜甫的影响，不只是说他的诗感发的力量很大，我们念李商隐的七言绝句“石桥东望海连天，徐福空来不得仙”（《海上》），也很感动人，我所说的还不是这些，因为李商隐这一类的作品和杜甫的风格不同，他真正受到杜甫影响的，是形神兼有相似之处，他在诗的外表、文字、结构、造句这些方面都表现得跟杜甫有相似之处。

他的哪些作品是这样的呢？一个就是五古，完全以写实为主，而且完全是反映现实，这些是李商隐写得很好的作品，大家可以看一看他的《行次西郊作一百韵》。我们以前讲过杜甫的《自京赴奉先县咏怀五百字》，这两首诗有非常相似的地方，虽然题目不同，可是你要知道，李商隐说他在旅途之中，“次”是说“经过”，他是在旅途之中经过首都长安西边的郊外，写了这一百韵，就是两百句的一首五言古诗。他写沿途所见所闻的人民的疾苦的生活。杜甫的《自京赴奉先县咏怀五百字》是说从长安到奉先去，也是写他沿途的所见所闻，反映了当时时代的危乱，也是五言古诗。除了《自京赴奉先县咏怀五百字》之外，杜甫还有《北征》。我们在讲杜甫诗的时候也谈到过，杜甫本来被安禄山的军队抓住了，把他留在长安，留在沦陷区，后来他逃走了，逃到了凤翔后，就做了拾遗的官职。他一天到晚都给皇帝提意见，肃宗就生气了，对杜甫说，给你假期，你回家吧。所以，杜甫就从凤翔回到他的家，他的家在羌村，从凤翔到羌村去，在旅途之上，他作了《北征》。《北征》是说向北方远行，“征”就是远行的意思。杜甫写的是沿途见闻。写长篇的古诗，不能像写七言绝句那样，只要有一个感情的感动的本质，一下子就说完了。要写那么长的诗，一定要有很多事情可以写才行。李商隐的这一首《行次西郊作一百韵》完全是杜甫《自京赴奉先县咏怀五百字》和《北征》的作风，这首诗是李商隐哪一年作的呢？我们以前说过，李商隐去考试，考了两次都没有考中。后来在文宗的时候，开成二年，他考中了进士。这首诗就是他考中了进士那一年写的。全诗很长，我们现在只能简单地、跳跃式地看一看。

诗的开头两句是："蛇年建丑月，我自梁还秦。"中国的诗我一直说欣赏起来是比较困难的，因为有很多的传统、很多的背景。中国用十二种动物来纪年，"蛇年"就是"巳年"，那一年是"丁巳"。"建丑月"是冬天的"腊月"。李商隐说，那是丁巳年的冬天。"我自梁还秦"，因为李商隐的故乡在河南，他要到首都去，首都是"秦"，就是长安。李商隐考中进士以后，回了一次河南老家，然后再回到长安，为什么要再回到长安来呢？因为唐朝的进士只是考过了第一次的进士考试，不授官，就是不给你分配官职，你要参加第二次考试。第二次有一个分科考试，你参加这个考试以后，那个时候叫"释褐"，才给你分配官职。所以，李商隐参加了第一次进士考试以后，第二年还要回到长安参加"释褐"的考试。

我们欣赏一首诗是好诗还是坏诗，我说要看感发的力量，有感发生命的就是好诗，这样的诗有没有感发的生命呢？"蛇年建丑月"，这不是跟写历史一样吗？只是记一个年、记一个月，可是这在中国诗歌里边是有一个传统的。我刚才说李商隐的五言古诗受了杜甫的影响，杜甫的《北征》第一句说的是什么？"皇帝二载秋，闰八月初吉。”杜甫当时的皇帝是肃宗，肃宗当时的年号叫“至德”，是肃宗皇帝至德二载的秋天，闰八月初一的那一天。这是在记录年月日，是记录历史的诗。这种记录历史的诗有什么好处呢？你要知道，凡是人要把这个年月日记录下来的时候，是因为那一年、那一月或者那一日在他的生平或者感情上发生了一件重大的事情。杜甫所关心的是国家的事情，李商隐所关心的也是国家的事情，所以他们诗中的年月日所记载的是他们所关心的国家大事。除此以外，我现在还可以给大家举一个例证。五代的时候，有一个词人叫韦庄，他写过一首小词，他说：“四月十七，正是去年今日，别君时。”（《女冠子》）也是记录一个年月日，就是说那一天在作者的感情上有一件非常使他震动的事情发生了。杜甫是因为皇帝把他赶走了，让他回家。李商隐是因为他忽然间看到了这么悲惨的景象，所以他说“蛇年建丑月”。只有这样才更能显示出他所记录的事情是真实的，不是凭空想象的。用这样的笔法才显得他以后所写的所有的这些悲剧都是事实。所以我们要明白他记录年月的好处。“蛇年建丑月，我自梁还秦。南下大散关，北济渭之滨”，有年月，有地点，我经过哪里，我向哪里，说得很清楚。我走过了大散关，然后我向北渡过了渭水的水边。他之所以写得这么切实，就是要显露他后边整个的反映现实的真实性。

“草木半舒坼，不类冰雪晨。”他说，这个时候，草木好像有一半要生长了，所以不像是严寒的早晨。可是，这些树木长得并不好，“又若夏苦热，燋卷无芳津”，长出来的一些嫩叶是“燋卷”的，“无芳津”是说没有水分的样子。李商隐说，这个时候，有几天天气暖和，草木就开始长叶子，可是这个地方是一个很荒凉、很干旱的地方，虽然树上长了叶子，但是叶子长得并不好。“高田长槲枥，下田长荆榛。农具弃道旁，饥牛死空墩。”李商隐说，我看到了农村的景象，高处的田地长满了“槲枥”，“槲枥”是一种野生植物。低处的田地长满了“荆榛”，“荆榛”是那种有刺的、杂乱的灌木。耕田的器具都被抛弃在道路两旁，没有人耕田，牛都饿死在土台上了。“依依过村落”，李商隐很悲哀，“依依”是心里不舍的样子。

经过这个村庄，他发现没有人种田，因为“十室无一存”，十户人家里边你都找不到一个活着的人，偶尔碰到一个活着的人，是“存者背面啼，无衣可迎宾”，那偶然活下来的人看到有人来了，就背过脸去哭。因为他很羞耻，他的身上没有衣服穿，已经贫困到这种地步。“始若畏人问，及门还具陈”，开始的时候，我要问他们生活的情况，他们都不肯讲话，等到我跟他们到了家里，他们才和我仔细交谈。

在诗中，李商隐还说了从开元以后唐朝的变乱。“降及开元中，奸邪挠经纶。”“挠”是说扰乱，“经纶”是说治国的方法、政策。李商隐说，从开元以后，朝廷的政治就被这些奸邪的小人所掌握了。“中原遂多故”，国家从那个时期开始就有很多变故。“除授非至尊”，“除授”是授官、授职意思，给这个人一个什么官职，本来应该听皇帝的命令，可是当时“除授”不是皇帝的命令，因为皇帝是被宦官拥立的，皇帝自己都被宦官掌握了，皇帝还管谁去？“或出幸臣辈，或由帝戚恩。”谁做官、谁不做官，不是皇帝的旨意，有的时候是出于“幸臣”，就是那些得到皇帝宠信的宦官，或者由于他们是“帝戚”，就是皇亲贵戚。这是说朝廷里边的情景，那么外边带兵的人呢?“控弦二十万，长臂皆如猿。皇都三千里，来往如雕鸢。五里一换马，十里一开筵。”那些军阀带着二十万人的军队，长臂跟猿猴一样，这是指会射箭的，他们跑来跑去，骑着马，跟飞来的老鹰一样。“五里”就要换马，“十里”就要开酒席。而且，这些手握兵权的军阀们是“逆者问鼎大，存者要高官”，叛逆的那些军阀就“问鼎大”，“问鼎大”是想做皇帝；没有叛逆的那些军阀，就跟皇帝要高官做。“巍巍政事堂，宰相厌八珍。”“巍巍”是很崇高的、掌管政事的中央政府。宰相有高官厚禄，每天吃各种酒席，“厌”是“饱足”，都吃不下了。那些人只是自己享受高官厚禄，可是把老百姓都饿死了。“敢问下执事，今谁掌其权。”我大胆地问一问，我们的国家到底归谁管了?“疮疽几十载，不敢抉其根。”“疮疽”就是人的身体上生的恶疮，我们的国家就像生了恶毒的疮，有几十年那么长久了，可是现在没有一个人敢揭，“抉”就是挖的意思，没有一个人敢挖出那些灾祸的根源，这是在批评朝廷的军阀和宰相。

然后说到老百姓：“儿孙生未孩，弃之无惨颜。”他们的子孙刚刚生下来，还没有长成儿童，父母就把他们抛弃了，而且抛弃的时候，脸上连一点悲惨的颜色都没有，连哭都不哭，因为当时的人已经没有办法活下去了。那么，活着的人怎么办？李商隐说，活着的人“不复议所适，但欲死山间”，有的人说可以逃难，但是逃到哪里去呢？天下都是这样的，“适”就是往的意思，大家不再讨论我们逃到哪里去了，只要我们能死在老家的山里就好了。而且还不止人祸，还有天灾："尔来又三岁，甘泽不及春。""尔来"是近来，"甘泽"是指天上下的雨，"泽"就是雨水。何况近来的三年，春天从来也不下雨。这是说旱灾，是大自然给的灾祸。"盗贼亭午起"，强盗不是晚上才出来，"亭午"是正午，强盗在正午就跑出来抢劫。"问谁多穷民"，李商隐说，这是些什么人呢？是没有饭吃的、无以为生的老百姓。

那么地方官吏呢？他们是"官健腰佩弓，自言为官巡"，地方上的官吏还是有粮食吃的，所以他们都很强健，腰里还佩着弓，自己说他们是为了政府才来巡逻的，是来捉强盗的。可是"常恐值荒迥，此辈还射人"，老百姓说，你要当心，恐怕走到荒地、野外，这些做官的人就把你射死了。

"我听此言罢，冤愤如相焚。"李商隐说，我听了老百姓告诉我的他们这么多痛苦的事情，我心里也替他们感觉到冤枉、悲愤，心里跟火烧一样，所以他说："我愿为此事，君前剖心肝。"我愿意为了这件事情，在国君面前把我心肝肺腑真正的感觉和忠告都说出来。"叩额出鲜血，滂沱污紫宸。"李商隐说，我愿意在皇帝面前叩头，把头叩破，前额流出鲜血来，鲜血流得滂沱，把皇帝座前的紫宸殿都染红了。我愿意用我的鲜血涂满皇帝宫殿的台阶，可是我见得到皇帝吗？我想要找一个叩头流血的机会，有这样的机会吗？李商隐说："九重黯已隔。"皇帝隔着九重宫门，在深宫内苑，我一个刚考中进士的人，哪能去见皇帝？他说，我现在是"涕泗空沾唇"，我的眼泪一直流到我的嘴唇，痛苦也没有办法。

现在的朝廷是个什么样子？“使典作尚书，厮养为将军。”非常卑微的、一些胥吏做了尚书，那些奴仆、干粗活之人当了将军。像宦官，本来就是奴仆。唐朝从玄宗开始，出外打仗，是宦官做监军，那些大将、元帅都要听宦官的。“慎勿道此言，此言未忍闻。”李商隐说，这些话现在真的是不能够再说下去了，国家有了这样的危机，我连听都不忍心听了。

刚才我已经说过了，李商隐考中进士以后，就写了这首诗。李商隐是关心国家的，他想要有所作为，他真的想把政风改善。他第二年不是要参加“释褐”的考试吗？结果怎样呢？李商隐的卷子考得很好，可是上面的长官把他的名字删掉了。李商隐留下一封信，叫《与陶进士书》，其中提到：“中书长者曰：‘此人不堪，抹去之。’”“中书”就是“中书省”，最高的政府机关；“长者”是地位最高的人。李商隐考中了以后，中书省执掌政权的人说，这个人我们不能用他，他作的诗把我们都骂了，所以令人抹去其名，就在得中的那个榜上，把李商隐的名字删掉了，所以他没有考上。李商隐是关心国家、关心人民的，可是他平生没有一个机会实现自己的抱负，而且卷进了很多私人的感情恩怨之中，他没有办法得到解脱。

刘大杰的《中国文学发展史》在文学史里边是写得比较仔细的，是比较好的一部文学史，可是相当表面化。白居易的“新乐府”关怀人民的意思是比较明显的，所以他就有很多赞美白居易的话。而对于李商隐呢？他认为，李商隐只是跟宫女谈恋爱的。这完全不是真正的李商隐。李商隐有一些诗，像我们说的“蜡照半笼金翡翠，麝熏微度绣芙蓉”（《无题四首》之一），表面上好像写的是爱情，好像很香艳，这样的诗，李商隐常常说是《无题》，就是说没有题目。这些《无题》诗不是完全写爱情的，里边写了很多关于政治的东西，所以刘大杰对于李商隐的批评是不公平的。

李商隐的五言古诗是受了杜甫的影响，完全写实，这只是他的五言古诗的一类作风。他的五言古诗之中，还有一类是幽隐的，说的都是神话，我没有时间讲这一类作品了，大家可以看一看李商隐的一首五言古诗，叫做《海上谣》，这首诗说的都是神话，你简直不懂他说的是什么。这是李商隐五言古诗的另外一个类型，而这个类型才是更能够代表李商隐五古的风格的。我们也没有时间讲李商隐的七言古诗了，但是我可以介绍大家去看他的七言古诗。李商隐有一首七古叫做《韩碑》。“韩碑”是什么呢？是韩愈所写的碑文。我们曾经提到过韩愈以及他的《山石》诗。韩愈所写的是什么碑呢？这个碑叫做《平淮西碑》。我曾经提到过，从晚唐以后，各地方的军阀，他们的官职一般叫做节度使，就是地方的军政长官。淮西的节度使叛变的时候，唐朝的皇帝就派遣宰相裴度亲自带兵出征。当时，裴度手下有一员大将叫李愬，这个人很会用兵，也很勇敢。在一个狂风大雪非常寒冷的夜晚，李愬对兵士说，这样的夜晚，对方一定不会防备。他就带着兵士，在狂风大雪之中攻进了蔡州，把淮西平定了。历史上有一段很有名的故事叫作“李愬雪夜入蔡州”，说的就是这件事。李愬把淮西平定了以后，就要纪功，所以皇帝就让韩愈写了这个碑文。韩愈写的碑文赞美了宰相裴度，可是事实上裴度一刀一枪都没有打过，真正带兵打仗的是李愬。李愬把淮西完全平定了之后，把裴度迎接进城。可是韩愈写的碑文只赞美了裴度，没有赞美李愬。所以有人就认为他这个碑文写得不好，就替李愬不平，后来就把韩愈写的碑文废了，然后又另外请人写了碑文立起来了。李商隐所写的《韩碑》是在赞美韩愈写的碑文，他以为有功劳应该归之于国君和宰相，归之于君相的领导。现在中国还有这个传统，有了功劳要归之于领导，这是有道理的。其实，我还不是要讲这个内容，我要说的是因为李商隐写的《韩碑》是赞美韩愈的碑文，所以他的这一篇七古，完全是模仿韩愈的七古的作风。所以说，李商隐接受、吸收了很多作者的长处，他有像韩愈风格的七古，也有像杜甫风格的七古，可是真正表现他自己风格的，是他幽隐、神话的特色，他的七古里边能够代表他的特色的是《燕台诗四首》。

好，我现在要讲李商隐的七律。七律对于李商隐来说，也同样是有两种情形的，一种是他受杜甫影响的，还有一种是属于他自己的幽隐、神话的一类。下面，我们看他的一首七言律诗《安定城楼》。我先把这首诗念一下：

> 迢递高城百尺楼，绿杨枝外尽汀洲。
> 贾生年少虚垂涕，王粲春来更远游。
> 永忆江湖归白发，欲回天地入扁舟。
> 不知腐鼠成滋味，猜意鹓雏竟未休。

这首七律不能说完全像杜甫，但中间有受杜甫影响的痕迹，这是可以清楚地看到的。我们先说诗的题目。题目叫做《安定城楼》，“安定”是一个郡城的名字，“安定”的郡城在泾州，在唐朝的时候，泾州的安定城是被泾原节度使控制的，这个地方在现在的甘肃省。李商隐为什么到泾原这个地方来了呢？因为他的岳父王茂元做了泾原节度使。我们上次曾经讲过，李商隐考中了进士以后，跟王茂元的女儿结了婚。他考中进士的当年就写了《行次西郊作一百韵》那一首长诗，把宦官、宰相、节度使、将军都骂到了，所以他第二年参加“释褐”的考试就落第了。这时，以前欣赏他、提拔他、给他做过宣传的令狐楚已经死去。因为他跟王茂元的女儿结了婚，所以有人就认为李商隐在令狐楚死后，又倚靠了一个新的、比较显达的做官的人，而这个人跟令狐楚是站在敌对面的。可是，我们从李商隐以后的经历来看，他对于牛、李的党争并没有成见，他的朋友里边牛党、李党的都有，如果这个人是好的，李商隐就跟他交往，像刘蕡，我们上次说过，他得罪了宦官，被贬官后死在贬谪的地方了，当时很多人都不敢哭祭他，而李商隐就吊祭了刘蕡。李商隐看中的不是自己的利益，而是他真的觉得刘蕡这个人很好。所以李商隐跟王茂元的女儿结婚，不见得就是一般人所说的那种情形。总而言之，他跟王茂元的女儿结婚后，写了《行次西郊作一百韵》，第二年参加“释褐”的考试就落第了，无所归往，就到他岳父那里去了，所以就来到了泾原。当时，李商隐是以一个没有职业的、寄人篱下的身份，来到泾原节度使王茂元的幕下。我们从历史上的记载来看，王茂元不止一个女儿，他有好几个女儿。而中国的家庭，一般世俗的习惯，要“比女婿”，女婿跟女婿之间争斗，如果哪个女婿不如人，那是很羞耻的。所以，当时李商隐的心情是很不好的，他就写了《安定城楼》。

李商隐的《安定城楼》第一句就写得非常好，他说："迢递高城百尺楼。"我们刚才说过了，安定城楼在泾州，泾州是在现在甘肃的地方，这个地方距离长安是相当遥远的。李商隐本来应该在首都参加考试，然后留在那里做官，可是现在他寄人篱下，而且在这样一个遥远的地方，"迢递"是遥远的意思。这种感发真的是很难说的，"迢递"这两个字本身就有李商隐很多的感慨在里面，我怎么流落到这样的地方了？而我就在这"迢递高城"的安定城楼上，上到了百尺的高楼。我们以前讲杜甫诗的时候也曾经讲过，杜甫曾经写过这样一句诗："花近高楼伤客心。"（《登楼》）按照中国的传统，登高的时候，容易引起人的感慨，宋朝的柳永说"对潇潇暮雨洒江天，一番洗清秋。渐霜风凄紧，关河冷落，残照当楼"（《八声甘州》），这也是登高的感慨。如果把你关在一个小房间里，像我在图书馆里写稿子，那么小的一个房间，周围的环境也很狭隘，是写不出这样的句子的。可是你登高就完全不一样了，古往今来的感慨，都来到了你的心中。所以，"迢递高城百尺楼"是带着感发力量的。你一定要懂得他的感发从哪里来才好。

登高之后他就远望，他看到的是什么？晏殊说"昨夜西风凋碧树，独上高楼，望尽天涯路"（《蝶恋花》），那是晏殊登高的感慨。李商隐说，我登高就看到了"绿杨枝外尽汀洲"。外界景物的形象，能够引起你什么样的感动？有的你从理性上可以分析，比如说，我们以前讲过《诗经》中的《关雎》："关关雎鸠，在河之洲。窈窕淑女，君子好逑。"雎鸠是鸟，它们成双作对很快乐，所以作者想到人也应该有一个伴侣才快乐，这是可以用理性去分析的。可是有的时候，诗里边的景物会引起一种感发，不见得完全可以用理性去分析。有的时候是隐喻，就像我以前讲过的杜牧所写的《赠别二首》之一，诗里面有这样的句子："娉娉袅袅十三余，豆蔻梢头二月初。"他说，像豆蔻花在枝梢上，二月初含苞的花朵。他说的其实不是豆蔻花，他写的是一个美丽的少女，他没有把这种比喻明白地说出来，这就是隐喻。而中国诗歌中"兴"的形象，像"关关雎鸠"你还容易懂，可是有的时候，诗歌外表的形象跟你的情意有什么关系是很难说的。比如《诗经》中有一篇叫《山有枢》："山有枢，隰有榆。子有衣裳，弗曳弗娄。子有车马，弗驰弗驱。宛其死矣，他人是愉。"这是说，山上长着"枢"，"枢"是一种树木。地上长着"榆"，"榆"也是一种树木。"山"是指高的地方，"隰"是指低的地方。你有衣服不穿，你有车马不用，假如有一天你死去了，你的衣服和车马不是被别人所使用了吗？《关雎》中说，两只鸟很和美，可以联想到人应该有一个伴侣，可是山上有"枢"这种树，地上有"榆"这种树，与你有衣服不穿有什么关系？这种关系你很难说出来，不是用理性可以分析出来的。所以形象与情意的关系，有的时候是没有道理可讲的，你不知道怎么样就引起了你的感发。

我现在要说的就是"绿杨枝外尽汀洲"的感发的作用是什么。李商隐的这首诗不是完全可以用理性分析的，可是你也不能说他就是完全没有理性的。在"迢递高城百尺楼"上登楼，看到外面的"绿杨枝"，与你何干？可是王昌龄的《闺怨》诗说："闺中少妇不知愁，春日凝妆上翠楼。忽见陌头杨柳色，悔教夫婿觅封侯。”这是说闺中有一个年轻的妻子，当春日的时候，她就“凝妆”，打扮得很整齐，就上了她那美丽的楼。到楼上一望，忽然间看到那路边的杨柳绿了，于是她就兴起了一种相思怀念的感情。她后悔让她的丈夫那么老远地去求取功名，不能跟她在一起。王昌龄写的是女子，而现在李商隐呢？在这么好的春天的季节，该开的花开了，该绿的树绿了，万物各得其所，可是李商隐没有得所，他现在寄人篱下，什么职业都没有，带着羞耻。他说，“绿杨枝外尽汀洲”，就在那杨柳岸的远方，是一片水中的沙洲，这句诗一半是理性，另一半是很难用理性解释的。“绿杨枝”我们还可以给他分析，说是像“闺中少妇不知愁”，看见杨柳就引起了感慨，可李商隐说你看那“绿杨枝外”，“尽”是说完全都是，就完全都是一个沙洲接着一个沙洲。一方面可以说明他看得很遥远，一方面是说沙洲众多，还有一方面是说沙洲分布的形式迂回曲折，这种意思很难讲，就是说你可以有这种感受，但是你很难把它说出来，所以是介于理性与非理性之间的。

“迢递高城百尺楼”，杜甫可以有这样的句子，李商隐也可以有这样的句子，而“绿杨枝外尽汀洲”，就不一定是杜甫所能有的，因为杜甫这个人理性比较强，他的理性和感性结合起来的时候，都是有他的理性在里边，他的《秋兴八首》写了这么多形象，我们都可以给他解说出来，我们也可以给他解说出很多层的意思，可是李商隐就常常有一种“莫之为而为，莫之致而至”，莫名其妙地就跑出来的句子，这正是他特别的地方。“迢递高城百尺楼，绿杨枝外尽汀洲”这两句完全都是感发，但是造成他悲哀感慨的这种感情的原因没有写出来。

我要告诉大家，写诗有两种情形：一种你可以有些地方写得很幽隐、很含蓄，可是，有的时候你要有一两句点明一个主旨。你可能用了很多形象，而且有的时候排得很杂乱，不能形成一种集中的感动，但是在这些杂乱的形象之中，你只要有一两句点明一个线索，马上就可以把它们串起来，感发的力量马上就加大了。“贾生年少虚垂涕，王粲春来更远游”，这就是李商隐的主旨。他用了典故。写中国的诗歌，很多人都用典故，有人认为用典故好，有人认为用典故不好。我说过，诗歌的欣赏跟评判没有绝对的标准，有人用了典故好，有人用了典故不好，其实，不是典故本身的好坏，而是用典故的人怎么用的问题。“贾生”是汉朝的贾谊，贾谊这个人是很关心国家大事的，他曾经给皇帝上过《治安策》。《治安策》说：“臣窃惟事势，可为痛哭者一，可为流涕者二，可为长太息者六。”就是说可以为之痛哭的事情有一件，可以让我流下泪来的事情有两件，可以让我长叹息的事情有六件，可见当时的国家有很多弊病。李商隐就用了这个典故。而贾谊上《治安策》的时候，就是二十多岁，当时李商隐到泾原的时候，也是二十多岁，所以他以贾生自比。他说，我也像贾生一样，我也很年少，我看到现在天下的大事，可为痛哭、可为流涕、可为叹息的，比贾生的时候还要多。李商隐在《行次西郊作一百韵》里边所写的百姓的那种患难、疾苦，他说“十室无一存”，十户人家都找不到一个活人，可痛哭流涕的事情有多少呀！李商隐说，我为天下大事痛哭流涕，可我是在白白地流泪呀。李商隐不是说要在皇帝的面前，给他叩头流出鲜血来也甘愿吗？可是他没有机会见到皇帝，李商隐平生也没有见到过皇帝。“贾生年少虚垂涕”，我现在落到什么样的下场呢？他说：“王粲春来更远游。”

贾谊是西汉时候的人，王粲是东汉末年三国时代的人。东汉的首都本来是洛阳，因为董卓叛乱，他胁迫汉献帝迁都到了长安。来到长安以后，天下的军阀纷纷起兵，名义上是讨伐董卓，其实都想在战争中得到一点便宜，巩固自己的军权、地位。所以就在长安发生了很大的战乱，遍地都是白骨，洛阳被大火烧掉了。洛阳、长安，中国两个古都都遭到了灾难。在这种灾难之中，王粲离开了长安，去了荆州，当时荆州的地方长官是刘表。王粲写过一篇很有名的文章叫《登楼赋》。他在《登楼赋》中说：“登兹楼以四望兮，聊暇日以销忧”，“虽信美而非吾土兮，曾何足以少留”。《登楼赋》这篇文章比较长，我现在只是写出几句重要的句子，这些句子与李商隐的诗有连带的关系。李商隐写的“王粲春来更远游”和“迢递高城百尺楼”是有呼应的。王粲《登楼赋》说，我就登上了这座楼远望，“聊”是说姑且，姑且借着一个闲暇的日子，我登上了这座楼，我本来是要“销忧”的，就是排遣我的忧愁。我向下一望，这个地方的风景真的是美，“信”就是果然、实在的意思，虽然这里的风景很美，可那不是我的故乡，我在这里是寄人篱下的，这个地方如何值得我停留！

“迢递高城百尺楼，绿杨枝外尽汀洲。”李商隐在安定城楼所见的景色难道不美？但这不是李商隐愿意在的地方，所以他说：“贾生年少虚垂涕，王粲春来更远游。”在春天这么美好的季节，我来到一个我所不归属的地方，我怎么寄人篱下来到这里了呢？李商隐下面还有两句诗说：“永忆江湖归白发，欲回天地入扁舟。”我在上次讲杜甫诗的时候曾经提到过这两句，因为杜甫的《秋兴八首》之中有句式颠倒的句子，李商隐的这两句也是如此。他说，我永远都在想的一件事情，“忆”就是思念的意思，他永远都思念的一件事情是什么呢？是“江湖归白发”。这一句的句式是颠倒的，应该是“白发归江湖”，我永远思念的是将来有一天我老了，我要回到江湖去。“江湖”在中国一向都是代表隐居的。李商隐的意思是说，我不是赖在一个官位上不肯下台，他说，我将来一定是要隐居的，到我白发的时候要回到“江湖”，这是我永远不会忘记的，但是，我现在还不愿意，为什么？“欲回天地入扁舟”，我是想要把天地都挽回来，就是说要把现在的情形完全改造，把这个世界的不合理的现象都纠正过来。李商隐常常表现这种“欲回天地”的愿望。他写过一首《寄远》：“姮娥捣药无时已，玉女投壶未肯休。何日桑田俱变了，不教伊水向东流。”他说，我就跟传说中的月亮里面的嫦娥一样，因为嫦娥总是在那里捣药，是“无时已”，像“玉女投壶”一样，永远不停止。我愿意付出我一切的劳力的代价，我不断地追求，我所追求的是有一天“桑田俱变了”，天下的沧海桑田的面貌都改变了，把现在不合理的现象都改变过来，那个时候我就找一条小船，到江湖去隐居。为什么要到江湖去隐居呢？隐居的人有很多是在山里边，为什么非要说“江湖”和“扁舟”呢？这又有一个典故。春秋的时候有一个人叫范蠡，他是越国人。当时吴国和越国打仗，越国被吴国打败了。范蠡就要帮越王复仇，他找到了一个很漂亮的叫西施的女孩子，献给吴王。吴王非常宠爱西施，不理朝政，所以后来越国就把吴国灭掉了。越王当时想酬谢范蠡，给他官做。范蠡知道越王这个人只可以在他危难的时候帮助他，可是他真正把吴国打败了，你再留在这里，他就嫉妒你，怕你谋权夺位。范蠡有先见之明，他就把西施从吴国接回来，带着她泛舟于五湖。

“永忆江湖归白发，欲回天地入扁舟。”这两句是李义山很有名的句子，过去很多在政治上有理想的读书人都引用过这两句话。可是，在李商隐生活的时代，没有人赏识他的这种理想，他们那些人所追求的都是名利和禄位，而且为了追求名利、禄位，彼此勾心斗角，互相排挤、侵害，所以李商隐说：“不知腐鼠成滋味。”他说，我真是不懂，你们这些人对于臭老鼠肉这么有兴趣。“腐鼠成滋味”是《庄子》中的一个典故。《庄子》中写过一只鸟叫鹓雏，它“非梧桐不止，非练实不食，非醴泉不饮”。地上有一只鸱鸮，抓到一只死老鼠，已经臭了、腐烂了，当天上的鹓雏飞过去的时候，鸱鸮以为鹓雏要来抢它的腐鼠，其实鹓雏是绝不吃臭老鼠的，鸱鸮自己觉得臭老鼠好吃，所以它就觉得人家都以为臭老鼠好吃，所以李商隐说：“不知腐鼠成滋味，猜意鹓雏竟未休。”李义山说，我要到朝廷上去做事，我是“欲回天地入扁舟”，我不是看中那些名利富贵，我真的是有我的理想要实现，可是，你们这些人就在党争的勾心斗角之中把我排挤出来了，你们是那些喜欢吃臭老鼠的人，你们以为我跟你们一样，要抢你们的臭老鼠。“不知腐鼠成滋味，猜意鹓雏竟未休”，这两句话，李商隐说得非常激动，而且对那些人的批评是非常强烈的。李商隐常常写出来极端的口吻，他写他低回婉转的追求的感情，但他要是批评他不满意的事件，也批评得非常极端，“不知腐鼠成滋味，猜意鹓雏竟未休”就表现了这种感情。

我们前面讲了李商隐的《安定城楼》，这首诗接近于杜甫的风格。李商隐的诗总是有两类，一类是与旧传统相近的，一类是有他自己的特色的。所谓他自己的特色，就是说他用很多的典故，都是神话，而他究竟写的是什么样的感情、什么样的事件，我们很难说明白。他这一类的诗，我要举一首例证，就是《锦瑟》。《锦瑟》是李商隐的一首代表作，历代很多诗选都把《锦瑟》选为李商隐的第一首诗。我曾经尝试过把李商隐有他自己的特色的这一类诗加以解说，我曾经讲过他的一首诗《嫦娥》，曾经写过文章分析他的《燕台诗四首》，还分析过他的另外一首诗《海上谣》。那么，我们究竟应该用什么样的路经，来了解他这些不容易懂的诗呢？我个人的意思是，最好先从诗里边情感的本质去了解。就是说，这个情感是为什么而发生的，那些外在的具体事件是难以确实地来指明的，所以我们就先从他的情感的本质来加以探寻。李商隐有的诗虽然在理性上难以说明，可是在感性上确实是可以感动你的，这是他的特色。下面我们来看他的这首《锦瑟》：

锦瑟无端五十弦，一弦一柱思华年。
庄生晓梦迷蝴蝶，望帝春心托杜鹃。
沧海月明珠有泪，蓝田日暖玉生烟。
此情可待成追忆，只是当时已惘然。

李商隐的诗有的时候叫做《无题》，有的时候他取开头的两个字作为诗的标题，像《锦瑟》。虽然诗的题目是《锦瑟》，但这首诗并不是真的只说这种乐器。我们刚才说了，诗中的形象很重要，但还有一个很重要的就是文字的本身。你先不用管它的意思，就是文字本身，它的形状、它的声音、它的本意都是有作用的。“瑟”是一种乐器；所谓“锦”者，是说“瑟”上装饰得非常美丽，这就叫“锦瑟”。“锦瑟”两个字给人的印象是什么？一个就是它的美好；还有就是不管说“琴”、不管说“瑟”，它们奏出的音乐是可以传达情意的。中国对于琴瑟有一个传统，你心里边有什么样的感情，你就会弹出什么样的音乐来。古代有个钟子期，当俞伯牙弹琴的时候心里想的是高山，他没有说出来，钟子期一听就知道他的情意在于高山；他弹琴的时候心里想的是流水，他不用说出来，钟子期一听就知道他想的是流水。中国的古人一直相信音乐是一定能够把你的内心的情意、品格都表达出来的。

“锦瑟”还有一个典故。古时候，天上的泰帝（是天上最高的神仙）手下有一个仙女，就是素女。有一次，泰帝请素女鼓瑟，弹什么样的瑟呢？就是这个锦瑟。据说，锦瑟上面有五十根弦。一般来讲，中国所说的琴有两种，有五弦的琴，有七弦的琴，中国所说的筝一般是十三弦，琵琶是四弦，可是这种瑟竟有五十根弦，它比所有的乐器都繁复，所以这种乐器弹出来的声音就比所有的乐器都悲哀。素女弹瑟发出的声音太悲哀了，使听者流泪，泣不可止。泰帝说，没有人能够忍受这样悲哀的音乐，就把瑟的弦减少了，“破其瑟为二十五弦”（《史记·封禅书》），所以后来的瑟最多只有二十五根弦。

所以说，光是“锦瑟”两个字在本身的文字上、在古典的联想上就有这么多的含义。“五十弦”所传达出的是那最繁复、最悲哀、使人不能忍受的感情。我以前说过，诗人的口气你要注意，李商隐说“锦瑟无端五十弦”，无缘无故它为什么“五十弦”呢？其他的乐器是四弦、五弦、七弦，你干嘛是五十弦？每个人天生的禀赋是不一样的，为什么别人没有像李商隐这么敏锐的感受、这么深刻的悲哀？

“无端”，无缘无故为什么要这样？是它自己选择的吗？不是它自己选择的。它是生来就如此的，这是没有办法的一件事情，是和你与生俱来的。

李商隐有一首七言绝句《暮秋独游曲江》：“荷叶生时春恨生，荷叶枯时秋恨成。深知身在情长在，怅望江头江水声。”第一句“荷叶生时春恨生”，春天荷花发芽长叶的时候，那种悲哀就随着春天生长了，是跟它的生命一起长出来的。“荷叶枯时秋恨成”，等到荷叶干枯的时候，它的整个生命完成的时候，是一种悲恨的结果。“深知身在情长在”，“深知”是说确确实实地知道，那么你为什么要这么悲哀，你放下就好了嘛，佛家说：“放下屠刀，立地成佛。”但李商隐说，我没有办法，“深知身在情长在”，只要有我一天的生命，我的感情就没有办法解脱。“怅望江头江水声”，我满怀的都是惆怅。李商隐总是写惆怅，惆怅就是追求而不得，或得到了又失落，他总是写追求跟失落的感情，永远不能满足，所以他说“怅望”，“望”是用眼睛看，可他最后结束时说的是声音，是水流的声音。李商隐是把视觉和听觉结合起来的。李后主说“自是人生长恨水长东”（《相见欢》）；而李商隐说，我的眼睛望过去，所看到的是水“长东”，是无穷无尽的悲恨，而我在望的时候，不只是看到水东流下去了，还听到了滔滔滚滚的水流的声音，所以他前面说“望”，后面说“声”，他把两种感受结合在一起了。

李商隐还写过《燕台诗四首》，他说：“但闻北斗声回环，不见长河水清浅。”李商隐真的是无可奈何，他说，我只听见了天上的北斗的转动，转就转好了，李商隐的感觉比别人更敏锐，他看到北斗星转的时候，好像还听到它转动的声音，所以他说：“但闻北斗声回环。”北斗转动指的是什么？是光阴的流逝，时刻不停，宇宙没有停下来的时候。在光阴的流逝之中，人间、天上有没有改善？你说今天没有变好，定一个“五年计划”，五年以后就好了；定一个“十年计划”，十年以后就好了。可李商隐说，我只知道光阴的消逝，至于有没有改善，那是“不见长河水清浅”。天上的北斗旁边有银河，李商隐说，我从来没有看见那个长河的水有一点点减少的情况，我没有看见一点改善。为什么？长河的水代表的是阻隔，因为一边是牛郎，一边是织女，相爱的两个人永远在分别，什么时候能够把阻隔打通，能够使世上再没有遗憾？

“锦瑟无端五十弦”这一句就可以引起我们这么多的联想，就有这么多的感发。李商隐下一句说：“一弦一柱思华年。”我们说，诗要看你怎么样去写，写出来以后，带着多少感情。假如说我们把第二句改一下，李商隐不是说“一弦一柱思华年”吗？“一弦一柱”就是说每一根弦、每一根柱，但如果改成“每根弦柱思华年”那就很笨了，因为那样就只是在叙述和说明。李商隐说“一弦一柱”，他就一个一个地这么说，“柱”是弦底下的支柱，五十根弦，每根弦都有一个支柱才能弹，所以他说“锦瑟无端五十弦，一弦一柱思华年”。每一根弦只要你一碰它，每一个声音带出来的都是对于过去的“华年”的追思。“华年”是说美好的年华，“思”者，就已经是追思了。

“庄生晓梦迷蝴蝶”，李商隐用的是典故，这个典故是《庄子》里面的一个寓言故事。《庄子》里边有一篇文章叫《齐物论》。《齐物论》就是说万物都是一样的，要把万物看成跟自己是同样的。庄子做了一个比喻，他说，庄生有一天“梦为蝴蝶”，他在梦中变成了一只蝴蝶，他说当他变成蝴蝶的时候“栩栩然蝴蝶也”，“栩栩然”就是非常生动地飞来飞去的样子。后来庄子醒了，“蘧蘧然周也”，很清醒的，他又变成了庄周。

我们说，用典故可以有多种不同的用法，我们上次讲李商隐的《安定城楼》，他说“贾生年少虚垂涕”，他用的是这个典故的全部故事，是贾谊关心国家上了《治安策》，而国家不接受，所以李商隐以“贾生年少”这个故事来自比，比喻他自己也很年轻，也很关心国家，也愿意给皇帝提好的建议，但没有人听他的。可是李商隐在“庄生晓梦迷蝴蝶”这一句中，用《庄子·齐物论》中的一个寓言故事，他用的却不是《齐物论》中本来的那个故事。“贾生年少虚垂涕”这一句，用的是这个典故的全部故事，而且是这个典故的本来意思，他现在用《齐物论》中的寓言，用的就不是庄子本来的意思，与《齐物论》中的哲学思想完全没有关系。

你要注意李商隐是怎么说的，他说庄生做了一个梦，梦中变成了蝴蝶。“庄生”“梦”这三个字，是《庄子》里边本来有的，“迷”字是李商隐加的，“晓”字也是李商隐加的。庄生梦为蝴蝶这个故事，经过李商隐的改造，说“庄生晓梦迷蝴蝶”，这种感觉就完全不一样了。所谓诗的好坏就是看诗人用的字怎么样，“晓”是说天快要亮了，“晓梦”是破晓以前的梦，这是言梦之短，因为天很快就要亮了，你马上就要醒了。人们常说“夜长梦多”，夜长，你爱做多少梦就做多少梦，所以“晓梦”极言其梦境之短暂。梦中变成了蝴蝶，蝴蝶给人的是一种美丽、多姿多彩的形象，蝴蝶的翅膀是彩色的，蝴蝶飞舞起来，高高下下，有很多的姿态，而且是活泼、飞动的，这就是形象给读者的提示。“迷”字，有的时候是说一种“痴迷”，是一种耽溺，当他梦为蝴蝶的时候，是多么美丽、多姿多彩，所以他就完全耽溺在这种美好的感情之中了。可是这种感情如同梦一样，而且是同破晓的梦一样，这么短就醒了。那么美好的东西如同梦一样，只是一个短暂的幻影，所以佛教的《金刚经》上说“如梦幻泡影，如露亦如电”，就是说一切都是这么短暂，像露水一样就化了，像闪电一样就过去了，像梦幻一样转眼就清醒了，如同水上的水泡一样转眼就消失了。

“庄生晓梦迷蝴蝶”的对句是“望帝春心托杜鹃”。七言律诗里边的这两句要对偶，我们以前讲过名词对名词、动词对动词，但对偶也是有要求的，两句的意思不能完全相同，头一句是这个意思，后一句还是这个意思，是不可以的。你要让这两句对起来，而意思要改变。

李商隐有一首《无题》诗，有很多人喜欢，但是没有《锦瑟》好。他说："相见时难别亦难，东风无力百花残。"他写得也很好。"相见时难别亦难"，古人也说过这样的话。李后主说"别时容易见时难"（《浪淘沙令》），李后主和自己南唐的江山那么容易就离别了，再想回到江南去，永远没有这样的机会了，他是把"容易"跟"难"做了一个对比。李商隐说"相见时难别亦难"，他接连用了两个"难"字。他说，我们当然是不愿意离别，我们觉得离别是很困难的，可是我们见一面也很困难，所以说"相见时难别亦难"。"东风无力百花残"，一点办法都没有，眼看所有的花都零落了，这是对美好的东西消逝的无奈，是对于宇宙之间无常的无可奈何。后边的一联说："春蚕到死丝方尽，蜡炬成灰泪始干。"他说，像春天吐丝的蚕，它只要有一口气，它就不断地吐丝，直到它死去，这种奉献的力量才终了。他说，就像蜡烛，点燃自己给人家带来光明，当它烧成灰烬的时候，它的眼泪才流完。这两句就"合掌"，就是说意思太接近了。

李商隐的《锦瑟》说："庄生晓梦迷蝴蝶，望帝春心托杜鹃。"这两句不是"合掌"。"庄生"就是庄子，"望帝"是中国古代一个神话中的人物。传说，古时候在四川有一个国家，这个国家的君主就是望帝，后来，望帝把皇帝的位置让给了他的一个大臣。这个故事本来是说，望帝做了一些错误的事情，他很惭愧，让位给臣子，他就离开了。望帝死去了以后，他的魂魄离开了他的国家，变成了一只鸟，叫杜鹃，但是他一直怀念他的故国，所以我们中国传说杜鹃的叫声好像是"不如归去，不如归去"，而且还传说，杜鹃总是要一直叫到啼血，就是说，要叫到口中流出鲜血。这是一个神话传说，所谓望帝变成杜鹃，是神话中原来就有的，“春心”和“托”是李商隐加上去的，什么叫“春心托杜鹃”？

李商隐另外有一首诗，题目也叫做《无题》。他说：“飒飒东风细雨来，芙蓉塘外有轻雷。”你听到那长有荷花的池塘外有了轻轻的、隐隐的雷声。雷声指的是什么？中国说“惊蛰”，就是说把在土地里边潜藏的、冬眠的那些虫子都惊醒了，所以当飒飒的东风细雨飘下来的时候，听到那长有荷花的芙蓉塘外面有隐隐的雷声，把你所有的隐藏在心里边的东西都唤醒了。这首诗的最后两句是“春心莫共花争发，一寸相思一寸灰”。他说，春天来了，把草木唤醒了，把昆虫也唤醒了，把所有的生命、感情都唤醒了。看到花开，你心里边的感情也跟花一样开放了。可是李商隐最后说，你那份春天觉醒的、多情的感情不要跟花一样争着开放，“春心莫共花争发”，因为你把这么热烈、深刻的感情投入进去，你最后落到的下场是“一寸相思一寸灰”，你每一寸相思的爱情、你燃烧的结果是变成灰烬。“春心”在李商隐的诗里边表示相思、爱情。

我们再回到《锦瑟》这首诗中来，“庄生晓梦迷蝴蝶，望帝春心托杜鹃”，人生一切美好的东西都是那么短暂的，是无可奈何的，他说就是死去了，也像望帝一样，有那一份多情的感情。那追求、向往的心变成蝴蝶，变成杜鹃，都不会消灭。“望帝”的“春心”还要“托杜鹃”，李商隐说，就算变成了一只鸟，还要说“不如归去”，还要啼号着流出鲜血来。

后边他又说：“沧海月明珠有泪，蓝田日暖玉生烟。”这两句不像“庄生”“望帝”那两句，有典故的故事，但这些文字也是有来历的。我们先说“沧海月明珠有泪”。古人比较迷信，比如，说柳絮掉在水里边就变成浮萍，科学上没有这回事，是恰好当柳絮飘落下来的时候，水里边的浮萍长出来了。古人还说草在秋天枯朽了，就变成萤火虫，其实也没有这回事，这是中国古人直觉上的一种想象。

中国古人对于蚌珠，就是水里边的蚌壳里的珍珠，有一个神话传说。古人说“月满则珠圆”，如果天上的月亮是圆的，那么蚌壳里的珠子就是圆的，如果月亮是缺的，那么珠子就不圆，这是一种想象。“沧海”是产珠的，“沧海月明”的晚上，月亮是圆的，那珠应该也是圆的，是美丽的。可是李商隐说“沧海月明珠有泪”，每一粒珍珠上面都是泪痕，这其实是结合了另外一个神话传说。中国古人说海底有一种人叫“鲛人”，鲛人可以织成一种布，那不是普通的布，是一种绡，绡是一种最薄的、透明的材料。鲛人哭泣时流出眼泪，可以泣泪成珠，他的眼泪就变成了珍珠。李商隐是把最美丽的东西跟最悲哀的感情结合在了一起。“沧海月明珠有泪，蓝田日暖玉生烟”，这两句看起来好像有一点合掌，因为都是说美好的东西结合着悲哀，玉被烟霭笼罩着，也是有一种悲哀，可是这两句不是合掌。为什么不是呢？因为前一句说“月明”，第二句说“日暖”；“沧海”这一句所表现的是一种寒冷的感觉，“蓝田日暖”所表现的是一种温暖的感觉；“沧海”是海，“蓝田”是山。中国陕西有一座山叫蓝田山，蓝田山是产玉的，在风和日丽的温暖的季节，太阳照在蓝田山上，那蓝田山上所产的玉石都在一片烟霭迷蒙之中，那么高远，那么美丽，那么温暖。这两句在对举之中使用了不同的形象，前面说月，后面说日，那就是说，无论是日，无论是夜；无论是冷，无论是暖；无论是海，无论是山，没有一个地方能够得到那么美丽的东西，永远是跟悲哀和失落结合在一起的。李商隐说，我所遇见的感情都是“珠有泪”和“玉生烟”，这是李商隐在对举之中有一种加强的意思。

“此情可待成追忆”，“可待”是一种表示疑问的口气，他说就是这样的感情，你要等待到成为追忆的时候，你才怅惘哀伤吗？这是说一般人，一般人等到真的失落了，他才怅惘哀伤。而李商隐说，他不是，“只是当时已惘然”，就在当时，就在我“迷蝴蝶”的时候，就在那“玉生烟”的时候，我已经惘然了。

我讲《锦瑟》这一首诗跟中国旧传统的讲法不大一样，我是从诗中的形象，用典故的口吻、结构来讲的，这些都可以给读者直接的感发。可是，中国过去传统的讲诗的人，不是从这一方面讲解的。因为过去的传统认为只说感受是不够的，一定要用理性去说明。

对于李商隐的《锦瑟》诗就有很多种说法。第一种说法，有人认为《锦瑟》是一首悼亡诗。“悼亡”从字面上看就是哀悼一个人的死亡，可是中国人说的哀悼的对象，不是随便的一个人，凡是说“悼亡”，一定是丈夫哀悼妻子的死亡。李商隐跟他岳父之间的关系虽然不是很好，但是跟他妻子的感情是很好的，所以他的妻子死了以后，李商隐写了很多首诗怀念他的妻子。他的妻子死了以后，他到四川的一个幕府去做官的时候，曾经写过这样的诗句，他说：

“散关三尺雪，回梦旧鸳机。”（《悼伤后赴东蜀辟至散关遇雪》）就是说，他经过大散关时，下了很深的大雪，他就回想，做了梦。旧日所谓的“鸳机”，就是女子织布的机器。他说，没有人再给他做衣服了，没有人给他寄寒衣来。他回到家里以后，又写了两句诗，这就是之所以有人猜测《锦瑟》是悼亡诗的缘故，李商隐说“归来已不见，锦瑟长于人”（《房中曲》），他说，我回到家里来，妻子已经死去了，但她弹过的锦瑟还留在这里。锦瑟这么一个小乐器，它的生命比人还长。人有生命、有感情，最后要死去，可是没有生命、没有感情的这么小的一个东西却能留存下来。

认为《锦瑟》是悼亡诗的人对于这首诗是怎么讲的呢？关于“锦瑟”有一个神话传说，上次我说过，天上的泰帝让素女弹瑟，瑟有五十根弦，发出的声音太悲哀了，泰帝就命令把瑟的五十弦分破为二十五弦。所以有的人就猜测，大概李商隐跟他妻子结婚的时候，两个人都是二十五岁。可是根据历史上的考证，没有这回事。

后边的诗句怎样讲呢？“沧海月明珠有泪”，说是赞美他的妻子有明眸，就是很美丽的眼睛；“蓝田日暖玉生烟”，说是形容她的姿色。“庄生晓梦迷蝴蝶”呢？因为《庄子》中有一个典故，就是“鼓盆而歌”。庄子的妻子死了，他不但不哭，还敲着瓦盆唱歌。他的朋友说，你的妻子死了，你不哭也就算了，还敲着瓦盆唱歌，这不是太过分了吗？庄子说，我回想了一下，世界上本来就没有我妻子这个人，偶然形成了这么一个人，她偶然又回到大自然去，就没有了，我有什么可悲哀的呢？这是庄子的一个理论。庄子“鼓盆而歌”，与他妻子的去世有关，所以有些人就说《锦瑟》是悼亡诗。

可是，如果这样解说的话，那就好像是说李商隐的《锦瑟》作得像谜语一样，他就不是通过感发来写的了，诗里面就没有感动的意思了，而且我们一句一句地这样解释，并不是完全都切合的，只是说有些人这么猜想。这是关于《锦瑟》的第一种解说。

第二种解说认为这首诗说的是党争。我们以前讲过李商隐的生平，他身陷在牛、李的党争之中，所以有的人就认为"沧海月明珠有泪"说的是李德裕死在崖州。李德裕在党争之中失败了，因为他得罪了宦官。李德裕被贬到崖州，崖州在今日的海南，后来他就死在了崖州。那么"蓝田日暖玉生烟"怎么解释呢？有些人认为说的是令狐楚的儿子令狐绹。我们上次讲过，令狐楚死了以后，令狐绹在宣宗的时候，做官做到宰相的地位，"蓝田日暖玉生烟"说的就是令狐绹的事业好像蓝田山一样崇高。这些人这样解释就是把诗当做谜语来猜。

除了这种猜法以外，还有人说，"锦瑟"是人名，是一个女子的名字。因为李商隐终生都在节度使的幕府之中做官，"锦瑟"一定是某个幕府府主家里边的一个女子。这首诗就是写李商隐跟这个女子的爱情故事。

还有第四种说法，近代有一位女作家叫苏雪林，她写了一本书叫《李义山恋爱事迹考》，她说李义山的很多诗都是写爱情的。《锦瑟》诗就是写爱情的，她说，李义山认识了两个宫女，她们是一对姐妹，一个叫飞鸾，一个叫轻凤。李商隐跟她们约会的时候，就带着锦瑟，他在墙外一弹，那对姐妹就出来跟他见面。这种说法跟写小说一样，都是猜想的故事。

还有人说，这首诗是李商隐的“自慨”，李商隐自己慨叹自己。自慨的内容是很广泛的，这里边可以包括爱情，可以包括党争，也可以包括悼亡。有人以为李商隐“自慨”是专门感慨他仕途不遇，我认为这种说法是比较可靠的。其实，我们也不必狭窄地说这首诗一定指仕途不遇，自慨可以包括很多内容，但李商隐在《锦瑟》诗中用了“梦蝶”的典故，其实李商隐还曾经写过这样两句诗：“枕寒庄蝶去，窗冷胤萤销。”（《秋日晚思》）他说，因为我的枕头很冷，像庄生梦蝴蝶那样的梦没有了，所以说“庄蝶去”。我的窗子也很冷，“胤”指的是一个叫车胤的人，车胤小的时候，家里很贫穷，没有钱点油灯或者蜡烛，所以他就找了一个透明的纱制的口袋，抓很多萤火虫放到里面，晚上借着萤火虫的光来读书。可是现在是秋天了，没有萤火虫了，所以李商隐说“窗冷胤萤销”。李商隐还有一首诗是送给当时的一个节度使叫卢弘正的，诗里边有这样一句话：“怜我秋斋梦蝴蝶。”（《偶成转韵七十二句赠四同舍》）他说，卢弘正请他到幕府去做官，因为卢弘正同情他在秋天寒冷的书斋之中只能空空地梦蝶。所以“梦蝶”在李商隐其他的诗中是出现过的，而这种梦从他给卢弘正的诗来看，是代表李商隐对于仕途的一个梦想。所以说，《锦瑟》是李商隐“自慨”是可能的。

“沧海月明珠有泪”这一句也有很多意思在里面。中国有一个说法“沧海遗珠”，有一颗很美丽的珠子，可是没有被人采去。因为明珠要被采珠的女子采去，才会被做成很美的首饰，给人戴在头上。可是，沧海里边最美丽的珍珠没有被人选择，没有被人采用，它就遗落在沧海之中了，“沧海月明珠有泪”，所以这“遗珠”是悲哀的。

我曾经写文章分析过李商隐的《燕台诗四首》。《锦瑟》这首诗还是比较容易懂的，《燕台诗四首》就很不容易懂。另外，我还分析过《海上谣》，这首诗更不容易懂。我分析《燕台诗四首》的时候，比较注重他直接给人的感发作用是什么，我在分析的时候，也把别人提过的很多可能的说法提出来，大家可以做比较，就是说，你了解各种说法之后，要注重他直接给人的感发是什么。李商隐在写《锦瑟》和《燕台诗四首》的时候，他直接的感发作用比较多，诗人本身就是带着很强的、很丰富的感发来写的。而《海上谣》的做法，是比较接近谜语的，因为《海上谣》所反映的是确指当时的一次政变。我们以前不是说，李商隐经历了宪宗、穆宗、敬宗、文宗、武宗、宣宗好几个皇帝吗？他是在桂林写的《海上谣》，当时正是武宗死去、宣宗即位的时候。宣宗是宦官所拥立的，这首诗确确实实反映了当时的一次政变，而凡是反映政变的，就更要写得含蓄、隐约，所以这首诗，李商隐是采取写谜语的形式来写的。

李义山的诗所表现的一个基本情调就是怅惘哀伤，这是怎样的一种感情或情绪呢？是若有所失又若有所寻的一种感情。“怅惘”就是你总觉得一个什么东西应该有，怎么会没有呢？这个东西怎么会丢掉了就没有了呢？也许你曾经有过，现在丢掉了、找不到了，或者你想追寻，一直没有追寻到。李义山的诗里面就是表现这一番情调，他表现得最多，表现得最强烈、最感动人。李商隐写过一首《丹丘》，他说：“青女丁宁结夜霜，羲和辛苦送朝阳。丹丘万里无消息，几对梧桐忆凤凰。”他还写过一首《寄远》，也是表达那样一种感情的："姮娥捣药无时已，玉女投壶未肯休。何日桑田俱变了，不教伊水向东流。""姮娥捣药无时已"跟"玉女投壶未肯休"中的两个形象和"青女丁宁结夜霜，羲和辛苦送朝阳"中的形象是很接近、很相似的，这两个形象都是用神话写一种追寻。"姮娥"是月里边的嫦娥，李义山的诗里边常常用月亮的形象。很多诗人都喜欢用月亮的形象。我们讲李白的诗的时候也讲过，因为月亮在中国一直是代表一种光明的，而且它可以那样的圆满。所以李义山的诗里常常写到月里边的女神仙嫦娥，或者说是姮娥，他有的时候写"嫦娥"，有的时候写"姮娥"。我说过，好的诗人是要把感发的力量表现出来的，而这种表现出来的感发一定是在言内，而不会跑到言外去。所以说，诗中的文字可以引发你的感动，引发你感动的一定是诗的语言，没有语言，用什么东西引发你的感动？每个字都有不同的"品质"、不同的"分量"，每一个字给人的质量的感觉是不同的。所以说，好的诗人、成功的诗人对于每一个字的语言的质量非常敏感，"嫦娥"和"姮娥"给人的感受不完全一样，"嫦娥"给我们的感觉比较普通、比较接近；"姮娥"两个字给我们的感觉比"嫦娥"更高远、更尊贵。

"姮娥捣药无时已"，相传嫦娥吃了能长生的药，飞升到天上的月亮里面去了。李商隐说，嫦娥在天上还一直捣药，"捣"表示一种努力，一种辛勤努力的追求。她所捣的药是那种长生不死的药，而她对长生不死的这种追求，是"无时已"，从来没有停止过，所以"捣药"两个字代表一种追寻，"姮娥"两个字表现了她的高远和尊贵，"无时已"代表她永远的不停止的追寻。"玉女投壶未肯休”也是中国神话中的典故。传说天上的天帝身边有玉女，“投壶”是中国民间的一种游戏，“壶”是一种容器，你把“矢”，就是箭，从很远的地方丢过去，看你能不能丢中，能丢到壶里面去的人就赢了，丢不到里面的人就输了。不但民间有这种投壶的游戏，传说天上的天帝和玉女也玩这种投壶的游戏，如果投中了，天帝和玉女就大笑，他们笑的时候，天上就有闪电。

李白写过一首诗叫做《梁甫吟》，里边有一句说“三时大笑开电光”，说的就是这个神话故事。“玉女投壶未肯休”，这是一种对于圆满和完成的追求。“未肯休”和“无时已”一样，那种努力都是不肯停止的。在这种追寻之中，李商隐说“何日桑田俱变了”，等到哪一天才能把我们人间的世界完全都改变。“俱”是“全”的意思，就是全都改变了。怎么样改变呢？中国的神话里边常常说，人间的改变是桑田可以变成沧海，沧海可以变成桑田：以前是海，以后可以变成陆地；以前是陆地，以后也可以变成海，这在科学上也是真实的。当时的人间世界充满了不平和悲苦，什么时候能把这个充满不平和悲苦的世界完全都改变了？如果有那一天，能够把这个世界都改变了，就“不教伊水向东流”。因为李义山是河南沁阳人，唐朝的时候，这个地方属于怀州，“伊水”是河南境内的一条水。李商隐从眼前的水写起。中国的地形是西北高、东南低，所以中国的水大多是向东流的，东流的水是不能够改变的、不能够挽回的，这个形象在中国的传统里边代表人生的长恨之无法挽回，所以李后主才说“自是人生长恨水长东”（《相见欢》）、“问君能有几多愁？恰似一江春水向东流”（《虞美人》）。东流的水是不能挽回的、不能改变的，李义山要想改变它，如果有像月里姮娥那样的努力，如果有像天上玉女那样的追寻。什么时候能够把人间真的改变？而且不是说只改变几个人，不是说只改变某一个地区的人，是“何日桑田俱变了，不教伊水向东流”，就如同把那东流的水挽回来。“伊水东流”本来是代表不能挽回的，代表人生的长恨，可是李商隐说“不教伊水向东流”，我不允许这种长恨的事情再在人间发生，我是希望能够做到如此。这是李义山在他的诗里面一直表现的追寻，要改变世界和人间，他有把人间悲苦的事情完全转变过来的这种愿望。

李商隐不但是怅惘哀伤，而且是缠绵悱恻的，就是说，他的追寻是一直耽溺的。“耽”是说你真的被一个东西所掌握，再也不能跳出去了，你非常爱一种事物，就叫“耽爱”，就是入迷地爱。“溺”是说你完全沉溺在其中。李义山是一直耽溺在他的这种追寻和怅惘之中的，他的诗也一直在表现他的追寻和怅惘。我常常说，不同的诗人有不同的风格，李白有李白的风格，杜甫有杜甫的风格。李白的诗有一种飞腾的气象，所以，他在悲苦之中也有一种不受约束的狂想，从来都是要向外边跳跃出去的。李太白说：“假令风歇时下来，犹能簸却沧溟水。”（《上李邕》）他说，我像一只鹏鸟，在天上飞，就算是天上的风停止了，风歇的时候，不得已，我要从天上降下来的时候，我“犹能簸却沧溟水”，“簸”是扬起来，他说我就是从天上落到海上，也要把大海的水都掀起来。杜甫说“致君尧舜上，再使风俗淳”（《奉赠韦左丞丈二十二韵》），他晚年所写的诗“戎马关山北，凭轩涕泗流”（《登岳阳楼》），杜甫真的是面对现实，他真的是勇敢，他虽然是那么悲哀，但是他真的有力量把他的那种悲哀都担荷起来。在唐朝，多少诗人都经历了安禄山的叛乱，而真正把安禄山的叛乱反映在诗里边、反映得最深刻的就是杜甫。因为他有勇气，他有这种怀抱，有这种感情，能够面对现实。他不逃避，而且他能够把血淋淋的现实写出来，杜甫可以把很多句子写得丑拙，写得很笨拙，表面上看起来好像是很丑，而且有的句子写得鲜血淋漓，并不是那种风花雪月的漂亮的句子。因为他有这种坚强的勇气和精神，可以面对血淋淋的现实，把它当场写下来。而李义山和他不同，李义山是他自己沉溺在这种追寻怅惘的哀伤之中，一生一世都没有逃出来，他没有找到一个真正解决的办法。在中国的诗人里边，找到了一个解决办法的人是陶渊明。陶渊明是很了不起的一个诗人，同时是一个有智慧的人。

我曾经说过，李义山有一次写了《燕台诗四首》，有一个女孩子听到人家念他的这四首诗，就问："谁能有此？谁能为是？"谁能有此情？谁能为此诗？李义山为什么会有这样的感情？为什么会写下这样的诗篇？

在中国的诗人里面，李商隐是一个很不幸的诗人。我们知道，杜甫一生流离，忍受了很多饥寒的痛苦，也是很不幸的，可是，杜甫还有一点点幸运，他不是还看到过"开元全盛日"吗？"忆昔开元全盛日"（《忆昔二首》之二），他说，我亲眼看到过开元的全盛日。我常常说，每一个诗人的感情、品格的境界各不相同，没有一个诗人能够超脱到时代以外。就是说，每一个诗人形成他的风格，一定有时代的背景在里边。李白的诗那样的飞扬，杜甫的诗这样的沉雄，都有他们的时代背景，因为他们都是经过“开元全盛日”的。他们的诗有一种开阔、博大的气象。虽然诗人本身的心灵、感情的个性不同，但是每个人都是被时代造就的，只是时代在“造”的时候，“造”出来不同的东西。如果你是玉石，你可以经过雕琢磨炼，成为一个什么样的东西；如果你是钢铁，你经过磨炼，可以成为一个什么样的东西。这个本质虽然不同，外边的环境给你的磨炼一定是很重要的一件事情。如果这样比较起来，李义山就比李白和杜甫不幸。因为李白跟杜甫还有幸看到了“开元全盛日”，可是李义山没有，李义山一生经历了唐朝的六个皇帝，而那个时候的唐朝，经过了安史之乱之后，就没有再恢复起来，一直向下坡路上走去了。而且李义山的寿命比李白、杜甫更短，他只活了四十几岁就死去了，李白是六十几岁才死的，杜甫是五十多岁快到六十岁的时候死的。李义山在他四十六七年的短短的生命之中就经历了六个皇帝。

我们以前说过，这六个皇帝中，宪宗皇帝是被宦官所弑，敬宗皇帝也是被宦官所弑，他们都是被宦官杀死的。穆宗是一个甘于淫乐的皇帝，在位只有四年就死去了。

文宗皇帝一生是受制于宦官的，他一度想要有所作为，想要改变当时的环境，可是那个时候宦官的势力已经形成，非常强大，他没有能力改变现实。历史上记载着，唐文宗有一次跟他的大臣谈话，他就问这些大臣说：“卿等视朕较汉献帝何如？”他说，你们这些大臣看一看，我比东汉末年的汉献帝怎么样？汉献帝是东汉末年的最后一个皇帝，是曾经被董卓逼迫迁都的那个皇帝。大臣们说：

“陛下是尧舜之君，奈何自比献帝？”陛下您是跟尧舜一样的皇帝，怎么能够自比这个最后被废的汉献帝呢？文宗说：“献帝受制于权臣，朕受制于家奴，殆不如也。”汉献帝受控制于一个有权柄的大臣，他指的是曹操，曹操“挟天子以令诸侯”。文宗说，我是受控制于家奴。因为宦官是在宫廷中服务的人，是属于奴仆地位的人。可是那个时候，国家的权柄、生杀废立的大权，都掌握在宦官手中。所以文宗说，我受制于家奴，我连汉献帝都不如。

文宗还写过一首诗，唐朝写诗之所以很流行，是因为不只是民间写诗，皇帝也写诗。文宗的诗是这样说的：“辇路生春草，上林花满枝。凭高何限意，无复侍臣知。”（《宫中题》）“辇”是皇帝的车，我们在讲杜甫的《哀江头》的时候讲过“同辇随君侍君侧”。本来皇帝在春天可以坐着车游春，可是皇帝的车应该走的那条路上，现在长满了春草。可见文宗没有出去看花的心情，他不出去游春，不出去看花，所以他的车走的路上长满了春草。“上林花满枝”，我不去看花难道是花没有开吗？不是，上林苑开了满树的花朵，只是我没有看花的心情。“凭高何限意”，“凭”是依靠的意思，当我依靠在高楼的栏杆上的时候，看到这么好的花开，而我没有赏花的心情。因为他想到了自己的国家，想到自己受控制的这种命运，他能跟谁去说呢？“无复侍臣知”，左右陪侍的臣仆，没有一个人知道我的心情，这种心情我能够跟什么人说呢？文宗这个人不甘心受控制，他要改变。他有没有尝试改变呢？他尝试了，所以就发生了唐朝历史上有名的“甘露之变”。对于“甘露之变”，我已经讲过了，不再重复。

文宗以后就是武宗。武宗皇帝是比较有武功的，可是有武功的皇帝，很多都是有野心的人，像秦始皇、汉武帝之类的，都追求成仙。武宗也不例外，他也追求成仙，他就乱吃金丹，后来中毒而死，他在位六年就死去了。然后就是宣宗的时代，不久，李商隐就死去了。所以说，李商隐的一生是相当不幸的。

我们现在再来看李商隐的两首诗，一首是《昨夜》，另外一首是《谒山》。我们先看《昨夜》：

不辞鶗鴂妒年芳，但惜流尘暗烛房。
昨夜西池凉露满，桂花吹断月中香。

这首诗说的是什么？“不辞鶗鴂妒年芳”，“鶗鴂”是一种鸟的名字，《楚辞》的《离骚》里边有这样的话：“恐鶗鴂之先鸣兮，使夫百草为之不芳。”在《离骚》里边，屈原一直是用香草来比喻他对于美好理想的一种追寻，而鶗鴂鸟是在暮春时候鸣叫的一种鸟，本来这只是一种季节的偶合，可是在暮春，当鶗鴂鸟叫的时候，那些在春天生长的花草就开始零落了。所以屈原说，我常常恐怕鶗鴂鸟叫得太早，“先鸣”就是叫得太早，“芳”代表植物的总称，就是各种花木的意思。当鶗鴂鸟叫的时候，各种花木都零落了，不再芳香了。我恐怕鶗鴂鸟叫得太早，花就落得太早。

诗人常常有一种联想，本来花落与鶗鴂鸟的叫声没有关系，可是因为每年花落的时候，都是鶗鴂鸟在叫，诗人就假想是因为鶗鴂鸟在叫，所以使得花木零落。这种联想是中国的诗里边一贯就有的。初唐的时候有一个诗人叫做沈佺期，他曾经写过一首诗，题目叫做《独不见》，诗里边有这样一句话，他说："九月寒砧催木叶。"我们在讲杜甫的《秋兴八首》时讲到过"白帝城高急暮砧"。"砧"是说捣衣石，九月的时候，大家要做寒衣了，到处都是杵敲在石头上捣衣的声音。每年在这个时候，树叶就开始落下来了。本来捣衣的声音与叶落没有关系，可是每年听到捣衣的声音就会看到叶落，所以沈佺期说"九月寒砧催木叶"。因为两件事情同时发生，所以就有这种联想。

屈原说，鶗鴂鸟的叫声使花不再芳香了，可是李义山用屈原《离骚》中的句子，他把它用得更深了一层。我曾经讲过，诗里边常常有一些意象、形象，不但大自然的花开花落是一种形象，使我们感动，人世间的生离死别发生的形象也使我们感动。还有就是古人的诗里边的典故，用到诗里边去，同样有一种形象的直接感动的作用，而你用的时候，常常在这个形象里边带着你自己从这个形象兴发的感动。你自己从这个形象引发了什么样的感动，不是一个死板的形象。所以，李商隐虽然是用了《离骚》中的典故，但他想到更深一层。

李商隐这个人的一个特色就是用情深曲，他把他的感情表现得非常幽深。"不辞鶗鴂妒年芳"，他说鶗鴂鸟"妒"，"妒"是说嫉妒。鶗鴂鸟嫉妒一年的芳华美好，所以它要叫，它要使得花零落。花是不久长的，"年芳"者，指的是一年中的芳华，是一年中花开得最好的季节。"不辞鶗鴂妒年芳"，李商隐说，对于这种摧残，我"不辞"，我不避免，这些芬芳美好的生命是短暂的，我宁愿、甘心有这么短暂的生命，受到这么大的摧残。那么，我所悲哀的是什么？“但惜流尘暗烛房。”“但”是只是。他说，我所惋惜的是“流尘暗烛房”。什么叫做“烛房”？你点一枝蜡烛，蜡烛火焰中心的地方就是“烛房”，那是蜡烛燃烧的热力所在的地方。他说，我所悲哀的是这一点芯蕊的光明，被“流尘”遮暗了，尘土打在蜡烛上，使蜡烛的光熄灭了，所以他说：“不辞鶗鴂妒年芳，但惜流尘暗烛房。”生命的短暂、遭受的摧毁，我都不怕，可是我的心事无人了解，不但无人了解，而且是被遮暗了，被尘土遮暗了。就是说，不但无人了解，而且被人误会了。

“昨夜西池凉露满”，李商隐说，我就是抱着这种无人了解、被人误会的心情，昨天晚上，在西边的水池旁边。为什么是“西池”而不是“东池”？为什么不是“南池”“北池”？“西池”在中国的传统里边有几种暗示，中国的旧诗有一种传统上的联想，说到西方，是代表秋天的，是代表寒冷的，是代表凄凉的，这是中国一贯的传统。东方是代表春天的，是代表生发的。“昨夜西池”，水池的旁边本来就是寒冷、凄凉的，而且还是“西池”，不但是“西池”，他说“昨夜西池凉露满”，还有那寒冷的露水，李商隐用了一个“满”字，是说洒满了寒冷的露水。

他一向有这种非常敏锐的感觉，他还写过一首诗，说：“远书归梦两悠悠，只有空床敌素秋。”（《端居》）他说，我期待远方的信来，可是没有信来，我现在不能够回去，但我希望在梦中能够回去，可我连在梦中也不能够回去。“悠悠”者，是不可把握的、不可依靠的。你说，我一定会做梦，今天晚上就能梦见回去了，哪里有这样的事情？说不定，你越想梦就越梦不到，甚至于你在梦中也是回不去的感觉，所以他说："远书归梦两悠悠。"我所要接近的都是远离我的，我所有的是什么？"只有空床敌素秋。"他说，我所有的只是一张空床，我要去面对、抵抗寒冷的秋天，"素"是加深寒冷的感觉，要面对包围在我空床之外所有的寒冷。

现在我们回到《昨夜》这首诗上来。李商隐说："昨夜西池凉露满，桂花吹断月中香。"中国的神话中说，月亮里边有一棵桂花树。李商隐说，我希望能够有天上的风，把月中桂花的香气吹下来。我们以前讲杜甫诗的时候讲过，句子可以被颠倒，李商隐其实说的是桂花从月中飘下来的香气被吹断了。李商隐所写的，不但是追寻不得的怅惘哀伤，而且有一种被隔绝、被误会的很深沉的悲哀在里边。

现在我们再来看《谒山》：

从来系日乏长绳，水去云回恨不胜。
欲就麻姑买沧海，一杯春露冷如冰。

这首诗的题目叫做《谒山》，"谒山"是见于《山海经》的一座山，是神话中的一个地方。

我们以前讲过李贺的诗，我们知道，李贺的生平是很不幸的，因为他的父亲叫李晋肃，"晋"与"进"同音，所以人家就说他不能够考进士，他的前途就完全断绝了。所以说，李贺的诗是有很多痛苦和悲哀在里面的，像我们所提到过的，他的《浩歌》诗中说：

“南风吹山作平地，帝遣天吴移海水。”他虽然写得很神奇，但是当我们把他的神奇打破以后，就会知道他所写的是人生的短暂和失意，这样归纳出来的结论是比较简单的。

我现在是拿李贺跟李商隐做对比，李贺的诗打破那种神奇、不平常以后，你所能理解的、归纳出来的那个中心结论，是比较简单的，可是李商隐呢？李商隐的诗的感发是更深厚、更广泛的，他说“从来系日乏长绳”，因为古人曾经有一个假想，李太白写过“长绳难系日，自古共悲辛”（《拟古十二首》之三），没有一根长的绳子可以把太阳绑住，让太阳不要走，让它留下来。太阳如果留下来，光阴就不会过去，人就可以不衰老，有生命的事物就可以不死亡，所以中国有很多的神话都是有这种狂想的，因为人生所面对的就是对于光阴消逝的无可奈何。“自是人生长恨水长东”（李后主《相见欢》），生命是无常的，是短暂的，所以人就常常梦想怎么能够破除我们生命短暂的限制。

我说过，哲学家有哲学家的想法，宗教家有宗教家的想法，神话里边就传说，从前有一个人叫夸父，要追赶太阳，而夸父追日的结果是渴死了。中国还有一个神话传说，从前有一个叫鲁阳的人，他有一天跟敌人打仗，因为天黑了就不能够打仗，可是他要打了胜仗才结束，所以他就挥戈指日，说，你要停住，不许走。传说太阳果然为他停了一下。西方的《圣经》上也有这种传说。我不知道科学家有没有证明，地球在哪一天曾经忽然间停止转动几分钟，但是古今中外的人都有这么一种假想，都有这么一种追寻。到底有没有这回事呢？没有，“从来系日乏长绳”。

我们以前讲过诗中的形象，形象的来源有两个，一个是自然界的山水草木，这当然是自然界中的形象，还有呢？就是人世间的各种形象，人间的各种现象都是形象，而人间的现象里边有现在的、眼前的、人世的现象，还有典故之中的人世间的种种现象，所以“长绳”是不是可以“系日”，只是神话中这样传说。李商隐说的是“从来”，你不但要注意诗中的形象，还要注意诗人的口吻，“从来系日乏长绳”，李商隐的诗里边永远有追寻，永远伴随着追寻的是绝望，他的追寻永不停止，他的失望也永不停止。“长绳系日”是一个追寻，“从来系日乏长绳”，“系日”跟“长绳”连在一起，这是他的追寻，“乏”是他的绝望，而他要把绝望写得很深，所以他说“从来系日乏长绳”，从前有过一次吗？没有，“从来”是说一向就没有。这就是李商隐的诗，有他的追寻，有他的绝望，而且把他的绝望总是更深一层地写下去，本来“系日乏长绳”就是失望，可是他要说“从来系日乏长绳”，你的追寻永远是失落，永远是绝望。

那还不说，他的形象写得美，“水去云回恨不胜”。李商隐总是把他的悲哀和痛苦写得很美，他说“沧海月明珠有泪”（《锦瑟》），泪是表示悲哀的，那珠上都有泪，泪既然像珠一样，那珠也像泪一样，每一个泪点都像一颗珍珠，每一颗珍珠上面带的都是泪点，这么美丽的珍珠，这么悲哀的泪，“沧海月明珠有泪”，写得那么辽阔、那么苍茫，这是李商隐的特色，他的追寻、绝望总是写得这么美。“从来系日乏长绳”，我们什么都留不住，什么都留不住是一个概念，怎么样留不住？“水去云回”呀，“自是人生长恨水长东”、“前水复后水，古今相续流”（李白《古风五十九首》之十八），连孔子站在水边也说“逝者如斯夫！不舍昼夜”（《论语·子罕》），这是说“水去”。那“云回”呢？天上的云消逝了，陶渊明说“云无心以出岫，鸟倦飞而知还”（《归去来兮辞》），云是从山里边出来的，是“出岫”，而云回去了，回到山中，不见了，所以“从来系日乏长绳，水去云回恨不胜”，什么都没有留下来，那么美丽的东西都消失了。

这还不算，他下面说“欲就麻姑买沧海”，我曾经想，我要找到麻姑，把沧海都买下来。李商隐用典故还有一个特色，他不只是写神话的典故，而且他要把神话里边的典故改造，这是李商隐自己的创造。古代有一个神话，说有人见到了麻姑。麻姑是一个女仙，她就跟人谈话，谈话以后她说，我跟你谈话的这段时间，世上沧海已经三次变成桑田。“山中方一日，世上已千年”，所以你见到麻姑，和她谈话的时候，那么短的时间，世上沧海桑田已经有多少次的变化了。这个神话原来是这样说的，你看，李商隐说的是什么？他说：“欲就麻姑买沧海。”我想有一天，如果能够找到麻姑，把沧海都买下来，就是说，我要控制这沧海和桑田的变化。神话上其实没有说可以把沧海买下来，这是李商隐加上去的，他说，我要“就”，“就”是说来到麻姑的面前，我要要求麻姑，把沧海都买下来。“欲就麻姑买沧海”，“买沧海”干什么？他没有说。我买下沧海来，不要有沧海桑田的变化，我想使世界上再也没有这种盛衰的变化。他说了吗？李商隐没有说。他把这些留给我们读者去想，留给读者去填补，所以西方也常常说，作品中要留一个空白，要请读者参加，一同创作，让读者去填写。“欲就麻姑买沧海”，“买沧海”

还不止是沧海桑田的变化，他是说，我的要求是这么大，我所要买的这个沧海是没有边际的，那么广阔的一大片海水。我的追求是一大片海水，但给我的是什么？“一杯春露冷如冰。”我从麻姑那里得到的，只有一杯水。我要买的是一大片海水，而我所得到的只有一杯。我的希望是那么大，我在人世间所得到的只有这么一点。我所得的不但很少，而且它比冰还冷。

现在时间已经不多了，我们要赶快地把李商隐的《燕台诗四首》看一下。我在《迦陵论诗丛稿》里边对这四首诗有详细的分析和解释，大家可以看一看，我现在只是带大家入门。我们只看第一首诗：

风光冉冉东西陌，几日娇魂寻不得。
蜜房羽客类芳心，冶叶倡条遍相识。
暖蔼辉迟桃树西，高鬟立共桃鬟齐。
雄龙雌凤杳何许？絮乱丝繁天亦迷。
醉起微阳若初曙，映帘梦断闻残语。
愁将铁网罥珊瑚，海阔天翻迷处所。
衣带无情有宽窄，春烟自碧秋霜白。
研丹擘石天不知，愿得天牢锁冤魄。
夹罗委箧单绡起，香肌冷衬琤琤珮。
今日东风自不胜，化作幽光入西海。

李商隐说：“风光冉冉东西陌，几日娇魂寻不得。”我以前多次说过，李商隐有写现实的作品，他写得非常现实，完全是杜甫写现实的笔法。他说的“叩额出鲜血，滂沱污紫宸”（《行次西郊作一百韵》），我们读起来像杜甫的“戎马关山北，凭轩涕泗流”（《登岳阳楼》），非常写实。可是像《燕台诗四首》这样像梦幻一样的作品是唐代的诗人，还不只是唐代，古往今来所有的中国诗人中也没有人写出这样的意境来，这完全是李商隐用他的锐感深情写出来的，他不是用理性的知识来写的。有这样锐感深情的人本来就不多，能够把这种锐感深情写出来、写得这么美的人更是不多，所以，从这一个方面来说，古往今来没有一个人可以和李商隐相比。

《燕台诗四首》的第一首写的是春天，这四首诗分别写的是春夏秋冬四季。四季代表什么？代表一个循环，代表一个无终无始的循环，是永恒的、不断绝的。“风光冉冉东西陌”，这是说春天来了。你看李商隐怎样说，说桃花开了，是一种说法，可是李商隐不是从桃花开说起；说青草绿了，也是一种说法，可是他也不是从青草绿说起。他说的是春天的精神、春天的整体、春天的生命，不是一朵花，不是一根草，那春天的和风、春天的暖日，一切的景象都在这风光之中。这风光之中有花也有草，有山也有水，有光也有影。“风光冉冉”，“冉冉”是说慢慢地移动，当然了，春天的时候，你可以看到天上云影的流移，风吹过的时候，你会看到花枝、柳条的飘动，你会看到水波的荡漾，那就是“冉冉”。这真是写的春天的精神、春天的生命。春天的生命从哪里来？“风光冉冉东西陌”，到处都是。“陌”是路、小路，“东西陌”说的就是到处，东边的路、西边的路，这是举两个而代表全体。“风光冉冉东西陌”，春天来了，那么鲜明地、那么有生命地、那么活泼地来了。

来了怎么样？李商隐说“几日娇魂寻不得”，就是因为这样的春天来了，所以人要寻找一种最美好的东西。我们以前也引过李商隐的一首诗，说“飒飒东风细雨来，芙蓉塘外有轻雷”（《无题》），当春天来的时候，万物复苏；“春心莫共花争发，一寸相思一寸灰”（《无题》），当草木萌生的时候，你的内心也开始萌发了一种对于完美的东西、对于感情的追寻。李商隐追寻的是什么？他说是某人？姓甚名谁？不是。他说，我追寻的是“娇魂”。说得真是好，是那么美丽的一种精神。“几日娇魂”，我追寻了好多日子，“几日娇魂寻不得”，想找这么一个美丽的“娇魂”，可是我没有找到。

“风光冉冉东西陌，几日娇魂寻不得。”李商隐说，我追寻的心像什么？像“蜜房羽客”。什么是“蜜房”？什么是“蜜房”的“羽客”？“蜜房”是有蜜的花房，有蜜的花房有一个带着翅膀的客人来寻访。那是什么？那是蜜蜂。他说，我追寻“娇魂”的这一种“芳心”，“芳”是芬芳、美好的、多情的，我这一种追寻的“芳心”像什么？像“蜜房羽客”，就像蜜蜂在花的最中心的深处寻找那最甜美的东西。李商隐说，我就是要找这个东西。“蜜房羽客类芳心”，我到处去找，“冶叶倡条遍相识”，我找遍了每一片叶子，“冶”是说光彩的、艳丽的，“条”是说树木的枝条，“倡”是说茂盛的生命披拂的长条。“冶叶倡条遍相识”，我都找遍了。

我寻找的时候，好像看见了一个人，“暖蔼辉迟桃树西，高鬟立共桃鬟齐”，在那温暖的烟霭之中，有一片日光照射着的，“暖蔼辉迟”是说已经西斜的日光，已经是傍晚了，这个光辉照在哪里？

照在桃树的西边，在黄昏的日光之中，在那光影迷蒙的烟霭之中，我仿佛看见了“高鬟立共桃鬟齐”。李商隐的诗真的是妙，“鬟”是把头发盘在上面，他说，我就看见一个梳着高高的鬟髻的女子站在那里。站在什么地方？“高鬟立共桃鬟齐”，李商隐真的是会想象，一个盘着高髻的女子就站在盘着高髻的桃花树的旁边。“立共”是说跟桃花树并立在那里，而桃花树哪里有鬟髻？李商隐说，桃花树上面的那些花就像女子头上插戴的花朵。

可是，真的有这个人吗？没有，“雄龙雌凤杳何许？絮乱丝繁天亦迷”，李商隐诗中的形象跟口吻真是写得好，“雄龙雌凤”，都是对比，一个雄，一个雌；一个龙，一个凤。李太白说“神物合有时”（《梁甫吟》），上天所生的神物，一定有一个时间会汇合的，上天所生的神物，一定有和它相当的对手，一定有一天会合在一起。可是李商隐说什么？“雄龙雌凤杳何许？”“杳”本来是说太阳落到树下，深隐了，不见了。天下最美好的事情是有雄也有雌，有龙也有凤，可是现在既没有“雄龙”也没有“雌凤”，所以我所追寻的一切都落空了。“絮乱丝繁天亦迷”，那么现在我所看见的是什么？看见了凌乱的柳絮，看到了空中的游丝。有的时候，春天的昆虫有一种分泌物，飘在空中，很长很长的，那就是游丝。

写到这里，似乎已经没有再进一步的余地，可是李商隐说：“醉起微阳若初曙，映帘梦断闻残语。”那真是像前生的梦魇一样永世也无法解脱了。他这份感情在清醒时固然是“絮乱丝繁”，在梦里也一样盘旋萦绕。“微阳”指的是夕阳，和“初曙”相对，“梦断”则和“残语”相对。看到夕阳却以为是“初曙”，已经梦醒却似乎还听见梦中那些叮咛细语，可以想见这里边有多少对所怀所想者的痴迷和哀伤。

"愁将铁网罥珊瑚，海阔天翻迷处所"，上一句写那永无休止的追寻之辛苦，下一句写失望落空的悲哀。珊瑚生在海底，采珊瑚要先做铁网沉入海底，插入珊瑚之中，然后绞网以出之。那是一项很艰难的工作，但只要有决心、有毅力，毕竟可以达到目的。可是现在我纵然手里拿着这千丝的铁网，眼前却是"海阔天翻"，一片空旷，叫我到哪里去寻找！这仍然是落空、是迷惘。

"衣带无情有宽窄，春烟自碧秋霜白"则是写伤心绝望之后的悲苦。人的生命是有限的，而大自然的春去秋来却是如此冷漠无情，所以就"研丹擘石天不知，愿得天牢锁冤魄"。丹砂可磨而不可夺其赤，顽石可磨而不可夺其坚，但"丹"和"石"所受到的损伤又是谁造成的呢？司马迁说的"傥所谓天道"，到底是有还是没有呢？"天牢"本是天上星宿的名称，而"愿得天牢锁冤魄"，则含有一种天上地下永世难销的怨恨在里边。

李商隐在这首诗的最后说："夹罗委箧单绡起，香肌冷衬琤琤珮。今日东风自不胜，化作幽光入西海。""罗"是一种丝织品，"夹罗"就是两层的夹衣服。"委"是弃置。"箧"就是箱子。夹衣服被弃置在箱子里边了。现在你要穿什么衣服呢？穿单的。"绡"是一种薄纱的衣服，"起"是拿出来。把夹衣服收起来放在箱子里，把单的更薄的衣服拿出来。"夹罗委箧单绡起"代表天气暖和了，春天从"风光冉冉东西陌"的到来，到"夹罗委箧单绡起，香肌冷衬琤琤珮"，这说的是春去，春天将要消逝了。"香肌冷衬琤琤珮”，这是形容女性的肌肤，苏东坡有一首词说“冰肌玉骨，自清凉无汗”（《洞仙歌》），夏天的女性的肌肤是“冰肌玉骨”，是清凉的。所以李商隐说，等到春天将要消逝、夏天快要来的时候，“香肌冷衬琤琤珮”，“珮”是女子身上佩带的玉。当夏天要来的时候，天气温暖了，春天到哪里去了呢？李商隐说“今日东风自不胜”，“东风”是春天的风，“胜”是能够担任的意思，“不胜”是说无力。李商隐说，今天的东风已经慢慢地没有力量了，“化作幽光入西海”，所有象征着春天的一切，就化作一片幽光沉入海中。光影的速度是非常快的，我们常常说“光速”，春天的消逝也是这么快，好像化作一片光消逝了。消逝得那样渺茫，不可追寻，“幽”者，是幽微而渺茫的意思。李商隐说，春天所有的美好的一切就变成一片幽微渺茫的光影，那么快就消逝了。到哪里去了呢？由于中国的地理特征，春天所刮的风都是从东边吹来的，所以是“东风”。东风吹的话，一定是向西吹。所以李商隐说“化作幽光”就到西方去了。到西方的什么地方去了呢？到西方的一个非常深远的、不可追寻的地方，就是大海。大海是一个最辽阔、最遥远的形象。如果春天真的化作幽微渺茫的光影消逝了，那一定是消逝在那西方的、辽阔的、遥远的海中，“入西海”就是沉没在其中，再也找不回来了。

李商隐所说的“化作幽光入西海”，从文法上来看，“化作”什么，进入什么，是合乎文法的，一个动词，一个受事，文法上的结构完全是通顺的。可是，句子中所用的形象，一个是“幽光”，一个是“西海”，是完全感性的、非理性的形象。李商隐是把一些非理性的形象跟一些理性的句法结合起来了。他整首诗里边所用的都是非理性的形象，他说“暖蔼辉迟桃树西，高鬟立共桃鬟齐”，“齐”就是平的意思，就是同等的高度，文法上也是通顺的，可是形象上是非理性的。什么叫做“桃鬟”？桃树又没有头发，桃树上面会梳出鬟髻吗？没有这样的事，所以“桃鬟”的形象是非理性的。李商隐的诗的一个特色是把不合乎理性、超越理性的形象跟理性的章法、句法的结构结合起来了。他的诗的章法和句法是理性的，是可以理解的，这种结构就影响到了他叙述的口吻，所以他的口吻，你觉得是可以理解的，可是他的形象是非理性的，这种很微妙的超越理性的形象，跟让你可以接受的理性的句法结构的口吻一结合，就是你不懂他的意思你也能被感动，这就是李商隐的诗非常奇妙的一点。

你要知道，人有一个很奇怪的地方，就是“贵远而贱近”。什么东西都被你了解得清清楚楚了，都在你的掌握之中了，你就对它不看重了。如果有一点东西老让你抓不着，你心里边就老想着去抓它，它就对你有一种非常强大的诱惑力，这是一种不可知的魅力，李义山的诗就有这么强大的感动人的力量。

我们就把李商隐讲到这里，我要做一个结束，就是要把李商隐和杜甫、陶渊明做一个对比。

先从形象上来说。杜甫的诗所选取的形象多半是现实中实有的形象，像他在《秋兴八首》中所说的“昆明池”“织女”“石鲸”“露冷莲房”“波漂菰米”“蓬莱宫阙对南山”“瞿唐峡口曲江头”，总而言之，杜甫所写的都是现实中实有的形象。李商隐所写的常常是现实中所无的形象。陶渊明所写的是现实中概念的形象，比如他说一只鸟，不是真的有一只鸟，而是他心中的一只鸟，但鸟是现实中可以有的，所以是现实中概念的形象。

再从结构组织方面来说。我们先说杜甫，我在讲他的《秋兴八首》时说过很多次了，杜甫是一个理性、感性两方面兼长并美的诗人，他不管是一句诗、一首诗还是一组诗，结构都是有呼应的，理性是非常细腻的，他的安排是很好的，同时还有那么强大的感发。他的诗有非常完整的一种结构的呼应。

李商隐呢？他的诗中有很多非理性的形象，但是诗的结构有理性的组织。李商隐的特色是很奇怪的，不管是章法还是句法，他都是以理性的结构组织非理性的形象。李商隐的《锦瑟》诗中说“锦瑟无端五十弦，一弦一柱思华年”，这是一个回想，然后中间四句是他所回想的事情，然后说“此情可待成追忆，只是当时已惘然”是总结。所以说，他的诗有理性的结构，可是中间所结合的这些形象都是非理性的。

陶渊明呢？比如“栖栖失群鸟”（《饮酒二十首》之四）那首诗，陶渊明说：“栖栖失群鸟，日暮犹独飞。徘徊无定止，夜夜声转悲。”他是在直叙，他说有一只鸟找不到一个归宿，每天飞来飞去地找，这只鸟的叫声很悲哀，“厉响思清远，去来何依依”。然后他说，“因值孤生松”，看到一棵松树，所以“敛翮遥来归”，收起翅膀就飞下来，“托身已得所，千载不相违”，他还是在直叙，他是在很平顺地叙述。我们还讲过陶渊明的《咏贫士七首》之一，他说：“万族各有托，孤云独无依。暧暧空中灭，何时见馀晖。”这四句说的是孤云。然后他说：“朝霞开宿雾，众鸟相与飞。迟迟出林翮，未夕复来归。”他是说一只鸟飞回来了。然后他又说：“量力守故辙，岂不寒与饥。”那“量力守故辙”的，已经是贫士了，他现在说的是人，他是由云而鸟而人，他不是直接地叙述，他是一层一层地转折下去的。可是四句说云，四句说鸟，四句说人，彼此不连贯怎么办？他在转折之中把这些都连贯起来了。因为前面都说的是云，所以在写飞鸟之前，他说：“朝霞开宿雾，众鸟相与飞。”鸟在早晨“朝霞开宿雾”的时候飞出去了，当他写鸟的时候，“霞”“雾”跟第一个段落的“云”彼此有相接近的、连贯的关系。然后他说这只飞鸟“迟迟出林翮，未夕复来归”，它回来得很早。接下来说到人的时候，第一句是“量力守故辙”，我度量自己的力量，我能做多少就做多少，我知道自己能做什么、不能做什么，什么是该做的、什么是不该做的，任你们走多少新奇的、花样的路，我知道我只能守住我自己这一条路，心甘情愿、忍饥耐寒地守这条路。这种“量力守故辙”的精神，跟那只鸟“迟迟出林翮，未夕复来归”的精神是有相通之处的。所以说，陶渊明在层层转折之中，他或者是在字面上有呼应，比如“朝霞”“宿雾”跟“孤云”；或者是在精神和感情方面有呼应，像从“迟迟出林翮，未夕复来归”到“量力守故辙”。

陶渊明写诗的时候有种种变化，有的时候是直叙，有的时候是层层转折，而他感发的作用在转折之中没有断绝，是连贯下来的，而且就像宋朝人赞美他的，说他“自写胸中之妙”，是自己写他内心之中的一种感觉，是很微妙的一种感情和思想。他不像白居易，也不像韩退之，因为白居易跟韩退之写诗的时候总要先想到别人。

白居易说，我写的诗一定要老妪都能理解，每一个人都懂才可以；韩退之说，我一定要写得很奇怪，让大家都不解才可以。可是，陶渊明写诗是直接地写，平铺直叙，他也不怕人家说，这个人怎么这么笨呢，老是平铺直叙地说。这没有关系，因为陶渊明的思想感情就是这样进行的，所以就这样写下来了。当他层层转折的时候，别人可能看不懂，看不懂没有关系，“知音苟不存，已矣何所悲”，你们尽管不懂，我的思想感情是这样进行的，我就这样把它写下来。这就是陶渊明之所以为陶渊明，所以“自写胸中之妙”。还要再加一层，我们以前讲过陶渊明的三首诗，讲了他的《饮酒》诗里边讲飞鸟的那首诗，还有《咏贫士》中讲孤云的诗，另外我们还讲了他的《饮酒》诗里边“结庐在人境”那首诗。大家还可以看到，“孤云”这首诗以及“栖栖失群鸟”那首诗，这两首诗都是以形象开始的，都是用形象来表现他的思想感情。可是，“结庐在人境，而无车马喧”呢？他就是在说明，就是在说理。他是在说他自己，“问君何能尔？心远地自偏”。陶渊明的诗有的时候用形象，有的时候就只是说明。

所以说，诗歌的好坏不是绝对的，不是说一定要诗中有形象就是好诗，没有形象就是坏诗；也不是说大家都能看懂、平铺直叙的就是好诗，或者一定要让人家看不懂才是好诗。写诗的时候，表现方法有很多种，只要你表现得好，都可以称为好诗。

（宋文彬整理）

中晚唐诗人之八

*

# 杜　牧

我们曾经把李商隐跟杜甫等做过一个比较，之后又讲了李贺，现在可以把李商隐跟李贺做一个比较了。

我曾经说过，在中国诗歌的发展过程中，李商隐一方面对于传统有所继承，另一方面也是有所突破的。关于他对传统的继承，比如我们曾经讲过他的《行次西郊作一百韵》，说那首诗受了杜甫的影响；除这首诗之外，他的一部分七言律诗也受了杜甫的影响。另外，我曾经讲过他的《韩碑》，说那首诗受了韩愈的影响：因为他写的是韩碑，所以他就模仿了韩愈的诗风。在中国诗歌的传统中，杜甫跟韩愈的风格本来不一样，但是我也说过，韩愈同样受过杜甫的影响。比如用字造句，杜甫、韩愈都讲求用字造句，但韩愈的用字造句是希望能够有所创新，所以他特别注意在这方面创新甚至猎奇，故意跟前人不一样；杜甫也注重用字和造句，可是杜甫的用字造句是与他的感发生命结合起来的，这与韩退之那种用思想去安排的创新和猎奇有着根本的不同。韩愈的用词造句常常不能与他的感发完美而且自然地结合起来，而杜甫的用字造句是与他的感发非常完美地结合在一起的。

韩愈和杜甫有很多不同之处，但不管是杜甫还是韩愈，他们所写的诗句一般说来都是比较写实的：不管是杜甫所写的安史之乱的乱离，还是韩愈所写的听颖师弹琴的描写音乐的声音，或者描写他的见闻，像他的《山石》一诗中所说的“芭蕉叶大栀子肥”之类的诗句，不管他们所写的是什么，总而言之，一般都比较现实，是现实中的景物见闻。可是李商隐呢？他虽然在七律的文法构造上、在用字造句的创新猎奇上都曾受过杜甫与韩愈的影响，但他已经不是写实了。相比较而言，他不但用神话、用想象来写，而且他所写的感情，无论写的是他在党争之中的那种很困难的处境，还是写他的很秘密的不可以公开、不能被社会所承认的一种恋情，无论他写的是什么，他往往不写具体感情的事件，不是很明确地写到某一个人、某一件事，他所写的是感情的本质，像“沧海月明珠有泪，蓝田日暖玉生烟”，像“锦瑟无端五十弦，一弦一柱思华年”（《锦瑟》）等等，他所写的是感情本质的一种感动、一种感发，而不是写那些事件。而杜甫跟韩愈，他们所写的一般还是可以具体指明的事件，你可以看出他写的是什么事情，可是李商隐的诗往往是不能够具体指明的，而这种特色，在中国传统之中是一种突破。

我上次说过，李商隐也受了李贺的影响，因为现在我们把唐诗中一些重要作者大多都讲过了，因此可以做一个归纳，就是说做最后的一个归结的总论。李贺的诗我们也看到了，他也是在用字造句方面创新猎奇的一位诗人，但他的创新猎奇跟韩退之又不一样。我说过，韩退之是比较写实的：“芭蕉叶大栀子肥”，这是很现实的事情；可是李贺所写的什么“老鱼跳波瘦蛟舞”，什么“芙蓉泣露香兰笑”（《李凭箜篌引》）之类的，那些形象不是现实的，而是神话的，是想象的，是一种“非人世”的形象。李商隐也喜欢用神话想象，喜欢用“非人世”的形象，这是受到李贺的影响。所以李商隐受过杜甫的影响，受过韩愈的影响，也受过李贺的影响。李贺的时代比李商隐早一点，李商隐还曾给李贺写过小传。他受了李贺的影响，但是他跟李贺不同，就是说，李贺用这些神话的想象、“非人世”的形象的时候，他跟韩愈一样，是经过思索得来的，只不过韩愈用的是现实的形象，李贺用的是非现实的形象，但是他们两个人在用这些形象或者这些文字的时候，是拼命在想，是制造出来的。这话很难说，但是你如果仔细地体会，就会分辨出这些不同，他是用思索制造出来的。那李商隐呢？他也是写“非人世”的形象，可是李商隐的“非人世”形象，就是我说的，是跟他的感动和感发结合得恰到好处的。同样用现实的形象，韩退之偏重于思索安排，杜甫是跟感动、感发结合在一起的。同样用神话的想象，用“非人世”的形象，李贺是思索、制造、安排出来的，而李商隐是跟他的感动和感发结合在一起的。就是说，整个诗的演进有相似的地方、有不同的地方，这是我们要分别清楚的。

今天我们要另外讲一个作者——杜牧。

诗之为物真是很奇怪。我常常以为，你如果要了解一个人，了解他真正的性情本质是什么，他的感情人格的本质是什么，你如果看他的论文不大能够知道，因为那都是很理性的，只要你收集资料把它安排整理得很好就可以。可是你如果一看他的诗，因为每个人的天性不同，他写出来的诗的风格自然就不一样。西方的一个哲学家叔本华就曾经说：风格是作者心灵的面貌。不同的人就有不同的风格，每个人的长处不同，这是没有办法的一件事情。我们说杜甫以其感情的博大深厚见长；韩退之以他的“气盛”，就是他说出来的那个气势见长；而李商隐呢，是以一种内思，一种反省的内思，是向里面去追寻的。杜甫是比较向外的，而李商隐是反省的内思，是自己心灵感情的本质的一种活动，所以每个人都是不一样的。那么杜牧的风格是什么？杜牧一般说起来是豪丽的，就是说他在豪放之中带着一种华丽的风格，是豪放而且华丽的。

杜牧，字牧之，京兆万年人。对于他的生平，历史上记载说，杜牧是唐朝一个很有名的学者杜佑的孙子。杜佑写过一本很有名的书，研究中国历史的文物制度，叫做《通典》，所以杜牧是有家学渊源的。而且他们家在京兆万年，所谓京兆万年就是现在的陕西西安附近的地方，是唐朝的首都长安附近的人。而杜牧弱冠——年纪不过二十岁左右就进士及第了，而且，他进士及第以后不久通过了制科的考试。我们上次讲李商隐时曾经讲过，李商隐考中进士以后去考制科，被中书的长者把他的名字刷下来了；而杜牧是“连捷”，就是说考中了进士不久就又中了制科的考试，可以说他是少年得意的。你要注意到，他出于世家名门，住在首都附近，而且少年的时候就是进士跟制科接连及第，所以他的豪放与华丽的性格是从他少年时代就养成的。

不但如此，杜牧除豪放华丽之外，这个人很是风流浪漫，历史上流传了杜牧之很多风流浪漫的故事。当时长安城有一个地方叫作平康里，是那些歌妓舞女居住的地方。杜牧小时候就喜欢在那里听歌看舞，还不止喜欢听歌看舞，据说他自己在音乐歌舞这方面也是具有特长的。我们讲李商隐的时候，说当时有牛李党争，李党的领袖是李德裕，牛党的领袖是牛僧孺。当年牛僧孺到扬州去做节度使的时候，杜牧之在牛僧孺的幕府之中做掌书记。扬州是中国长江北岸的一个很有名、很繁华的城市。杜牧之在扬州的时候，据说他每天都出去冶游，每天晚上都出去听歌看舞。牛僧孺觉得这个少年很有才华，于是很爱护他，担心他万一做出什么不正当的事情来，所以杜牧之每天晚上出去冶游的时候，牛僧孺就偷偷派了手下的小吏穿便服化装成平民跟着他去，其实是为了保护他，可是并没有说破。过了好几年以后，当杜牧之要离开牛僧孺幕府的时候，牛僧孺就勉励他说：你年轻，很有才华，这当然很好，可将来你到别的地方去工作的时候，要注意行为上应该检点些。杜牧之以为牛僧孺并不知道他冶游的事情，就说：你的嘱咐我很感谢，但是我从来不做这样的事情。牛僧孺就叫他手下的人拿出一个大篓子，这篓子里都是一条一条的纸条，写着杜牧之哪一天晚上到哪一家去，哪一天晚上到哪一家去，全记下来了。杜牧之一看非常惭愧，泣拜致谢。总之有这么一段故事，而且杜牧在他的诗集里面也留下了很多写扬州冶游的诗歌。我想大家都记得他的"落拓江湖载酒行"那首诗，就是他将要离开扬州时所写的，说什么"落拓江湖载酒行，楚腰纤细掌中轻。十年一觉扬州梦，赢得青楼薄幸名"（《遣怀》）。在中国旧日的传统中，都以为在中央政府任职才是一件好事情，外放到别的地方就算落拓江湖。而扬州虽然是一个很繁华的城市，但是在南方，在外面，所以他说是“落拓江湖”。

刘大杰在他的《中国文学发展史》里面把李商隐和杜牧贬降得都很厉害，认为这两个人除了写爱情、迷恋酒色之外，好像没有什么别的长处，这是不对的。我们在讲李商隐的时候已经证明，李商隐是关心国事的；杜牧也是一样。历史上记载说，他有政治理想，有所关怀，还喜欢读兵书，想要做一番事业，可是并没有得到机会。他也许在内心中有一种想法，认为我既然不能实现我的理想，我就沉溺在酒色之中。中国古代的士人常常以为自己应该有一份政治的理想，应该建立一份事功。如果他们在政治理想上不如意，就会耽溺在醇酒妇人之中，取得另外一方面的享乐和安慰，所以说杜牧也可能有这样一种心理。

不过也不完全如此，这是他的天性，他从少年时代就确实喜欢冶游，所以在扬州的十年是“赢得青楼薄幸名”。“青楼”就是那些歌妓舞女所住的地方。但是你要知道，他听歌看舞，跟那些歌妓舞女往来，这都是什么？这都是一种即兴。如果说你要把爱情提升到最高的一个标准，应该是生死以之，就是生生死死都不改变的。而中国有一批读书人，他们以诗酒风流自鸣得意，喜欢随时看到漂亮的女孩子，留下一段浪漫的爱情故事，然后管这个叫“佳话”。这都是站在男人的立场来说，到时候一走，青楼的女子在他的生活中永远不会占一个主要的地位，永远是他的点缀而不是他的目的和意义，永远是如此的。“十年一觉扬州梦”，就是及时享乐，到处冶游十年之后要离开，当然一个都不带走是不是？要走就走了。所以他所赢得的是“青楼薄幸名”，就是说他并不对任何一位女性有专一的感情，中国有很多风流浪漫的才子都是如此，他可以很多情，可以到处留情，并且认为这是风流浪漫的佳话，杜牧也是如此的。我还曾经讲过杜牧的另外一首诗："娉娉袅袅十三馀，豆蔻梢头二月初。春风十里扬州路，卷上珠帘总不如。"(《赠别二首》）说一个只有十三四岁的娉娉袅袅的女孩子，没有比她更漂亮的。他写了很多这样浪漫的爱情诗，虽然这些诗在内容上没有什么很深刻的意义，但是大家都喜欢，都以为好。我想一是因为音调的美好，再有就是辞藻的华丽。

后来，他回到长安，有一段时间做了监察御史。你要知道，监察御史是执掌国家法律的谏官。杜牧做监察御史的时候，曾经一度"分司东都"。在唐朝，长安是首都，算是西都；洛阳是陪都，算是东都。杜牧以监察御史分司在东都，掌管法纪。洛阳也是中国历史上一个有名的繁华城市，据说当时有一个曾经做过司徒的李姓官员，退休家居，生活依旧很奢华。有一次李司徒在家里宴客，邀请了当地很多名人，而且有一大批当时最著名的歌妓舞女也参加。因为杜牧只是个管法纪的监察御史，所以没有请他。可是杜牧就喜欢这样的事情，于是他叫他的门客透露消息，说他愿意来参加这次宴会。那李司徒想：他要来就请他来好了！所以就把杜牧也请来了。因为他是后来才请的，所以他到的时候那些社会名流和歌妓舞女们都已经先到了。

到了以后，他堂堂地走进来，坐在那里喝了三杯酒，然后对着那些歌妓舞女一个一个地瞪着眼睛看，接着问主人李司徒：我听说有个女子叫做紫云的，"素有艳名"，是女孩子里面最漂亮的，不知哪个才是呢？李司徒忙告诉他哪个是紫云。他一看果然名不虚传，果然很漂亮！他说“宜相惠”——应该送给我。你想，一个监察御史跑来参加这种宴会，而且瞪着那些女子看，大言不惭地说那些话，所以那些女孩子家都看着他笑，于是杜牧写了一首诗：“华堂今日绮筵开，谁唤分司御史来。偶发狂言惊满坐，三重粉面一时回。”（《兵部尚书席上作》）“华堂今日”是写实，他说，谁把我这个分司的御史请来参加这次宴会？“偶发狂言”，你看他大庭广众之下就问哪个是紫云？是不是很漂亮啊？可以送给我吗？直听得“三重粉面一时回”——陪酒的女孩子都回过头来看着他笑，所以杜牧真是有一种很狂放的性格。他这一类的诗当然是风流浪漫的，并没有很高很深厚的思想可言。

但是，天下的事情真的很难说，就是说他尽管写这种诗，可他的品格不卑下。有的人一写就让你觉得下流。杜牧虽然很狂放，可是他写得风流而不至于下流，有一种气势在里边。他的七言绝句写得最好，因为是近体诗，平平仄仄、仄仄平平，在声调上容易表现一种气势的美，杜牧的长处正在于善于掌握七言绝句的优点。而且七言绝句很短，他把这种狂放的兴致即兴写下来，轻松自然，没有一点造作的痕迹，就好像是口语——“华堂今日绮筵开”，就这么写下来了。所以他的七言绝句写得非常好、非常多、非常自然，而且这一类诗也是很出名的。于是，杜牧在扬州十年的浪漫故事就成为中国历史上一个有名的典故，后来人一写到少年时期狂放浪漫的生活，往往用到扬州杜牧的典故。像南宋的姜夔就写过一首词，叫做《扬州慢》，整首词里面用的都是杜牧的典故；他在另一首《琵琶仙》的词中也说“十里扬州，三生杜牧”，这都是很有名的。

我们知道，杜牧善于写七言绝句。那么除了写风流浪漫的爱情以外，杜牧还用七言绝句写什么呢？他还有一部分七绝是感慨盛衰的。

我们以前讲刘禹锡的时候，我说过，刘禹锡的诗有一种历史感，他常常在诗歌里面表现一种盛衰的感慨。他说："种桃道士今何在？前度刘郎今又来。"他喜欢写盛衰感慨。而杜牧也有几首写感慨盛衰的七言绝句，很有名，大家都可以随时背诵出来。比如《赤壁》这首诗，他说："折戟沉沙铁未销，自将磨洗认前朝。东风不与周郎便，铜雀春深锁二乔。"还有一首诗《泊秦淮》，也是感慨历史盛衰的："烟笼寒水月笼沙，夜泊秦淮近酒家。商女不知亡国恨，隔江犹唱后庭花。"杜牧的这些绝句很流行，传诵众口，因为它们辞藻华丽，声调响亮。我们不是常常说诗歌的吟诵吗？我们班上来旁听的一个研究生前两天告诉我说，有一天晚上他生病睡不着，就起来念杜甫的《秋兴八首》，念着念着就要"吟"，用一种声调来"吟"。他说，他觉得念别人的诗不觉得要吟，可是一读杜甫的《秋兴八首》，就不知不觉地好像要吟出来才是好的。我说：你说得不错，就是中国的诗里边，很奇怪的一点，这音调虽然都是平平仄仄，可有人的音调响亮，有人的音调暗哑。这话很难说，你读得多自然就发现了。杜牧的诗声调是响亮的，所以容易背下来。"折戟沉沙铁未销"，这是讲赤壁，当时是曹操带着战船跟东吴的孙权作战，后来周瑜跟诸葛亮联合，说是"借东风"，火烧战船，就把曹操给打败了。所以他说"折戟沉沙"，"戟"是一种武器，当年赤壁大战的时候的兵器都折断了。是后汉三国时代的折戟，沉在长江水底的泥沙之中；虽然沉在沙中，但是因为戟这种兵器是铁做的，铁没有销蚀，所以等到过了几百年之后，到了唐朝的时候，有人从水底的泥沙中挖掘出一块废铁，说那就是当年的戟。“自将磨洗”，于是他自己就拿了这个折戟把它磨光，洗去上面的泥沙，“认前朝”，认出来这是后汉时候赤壁之战的折戟。“东风不与周郎便”，他的意思就是说当时曹操带着八十万大军来攻打东吴的时候，本来在军事上东吴是很难抵挡的，而东吴居然胜利了，所以历史上传说这次战争的胜利是因为“借东风”，火烧了曹军的战船。赤壁之战本来发生在秋冬之际，秋天是西风，冬天是北风，那时没有东风，刮的应该是西北风，而那个时候居然有东风来了，所以他们说这一次的胜利是幸运的胜利，历史上把这个神话归之于诸葛亮，说那是诸葛亮借来的东风。在这首诗中，杜牧的意思是说：周瑜是东吴带兵的将领，如果当时东风不给周郎这个幸运的方便，那就“铜雀春深锁二乔”了。“二乔”是孙吴的两个美丽的女子——大乔跟小乔，大乔嫁给了孙策，小乔嫁给了周瑜；而铜雀台是曹操所筑的一个台，台上的楼里边居住的都是曹魏的妃嫔。所以杜牧的意思是说：如果不是有东风给周郎幸运的方便，那么孙吴说不定就亡国了。孙吴要是亡国了，那周瑜的妻子和孙策的妻子这两个美丽的女人，就都会被曹魏俘虏去，关在铜雀台里。他所讲的是历史上的成功人物有幸有不幸，我们说“时势造英雄”，就是说历史上那些所谓的英雄人物有的是由一种时势的机运所造成的。这些话他没有说出来，而他的意思是如此的。

我们再看第二首《泊秦淮》。秦淮就是秦淮河，南京城里现在还有这条河。南京是中国古代六朝的名都，从孙吴开始，历经东晋、宋、齐、梁、陈，都是在建康这里建都的。到唐朝的时候，杜牧来到秦淮，他说："烟笼寒水月笼沙。"那秦淮河一片流水，在秋天的时候，寒冷的水面上有一层迷濛的烟霭，月光笼罩着水边的岸沙。"烟笼寒水月笼沙"说的是烟月在水上的那种迷濛的景色。接着，"夜泊秦淮近酒家"，他晚上将船停在秦淮河上，而秦淮河附近有很多歌妓酒女。"商女不知亡国恨"，"商女"就是那些歌女，卖唱的女子，她们不知道亡国的痛苦，所以在秦淮河的那一边，隔江仍然在唱《后庭花》的歌曲。《后庭花》是一首歌曲的名字，刚才我说从东吴、东晋到南朝的宋、齐、梁、陈，都是建都在建康的，南朝最后的一个君主是陈后主，他作了一支曲子就叫《玉树后庭花》。他整天耽溺在歌舞的享乐之中，所以陈后来就亡国了。"商女不知亡国恨，隔江犹唱后庭花"，他的意思就是说：如果朝廷中的人都耽溺于歌舞的话，那么国家就危险了。不过，他杜牧之有时也是耽溺于歌舞的。

我们先简单介绍这几首诗，下面再看一首更好的七言绝句：《将赴吴兴登乐游原一绝》：

清时有味是无能，闲爱孤云静爱僧。
欲把一麾江海去，乐游原上望昭陵。

我认为这首诗是杜牧七言绝句里的一首好诗，因为别的那些诗虽然音调响亮，写得很豪放，可一般说起来，杜牧的长处和短处都在这里，就是写得过于显露，缺少含蓄的意蕴，他都说出来就显得太显露了。而这首《将赴吴兴登乐游原一绝》比较含蓄，能够补救他过于显露的缺点，而且也是比较有深意的，他果然有感慨的深意。题目是“将赴吴兴登乐游原”，吴兴是地名，宣宗大中四年(850)，杜牧之由吏部员外郎出任湖州刺史，所以这是一次外放，就是说从中央政府的首都外放到湖州去。这首诗在他的七言绝句里面我认为是最好的一首诗，可是一般流传的都是刚才我讲的那些诗，其实这首诗更好。

杜牧在题目中说：我将要外放到吴兴去，登上了乐游原。乐游原是长安城东南角上的一个高的山坡，唐朝时很多仕女在游春的时候或者秋天郊游的时候就到乐游原上来，可是他写的不止如此，我们讲到最后你就知道了。他说：“清时有味是无能。”这句话写得非常好，很有深意，你看起来很简单的一句话，可他的感慨是很深的。他的意思是说，现在是一个清平的时代，而清平时代最有滋味的一件事情是什么？就是我没有才能——国家既然太平，没有危难，不需要有才能的人，我们这些做官的人就可以优游享乐。可是这并不是他的本意！这句话他是在反讽，是他从反面来说的，他真正的意思是说他有才能却不被重用。我有才能，但我不能像周郎那样得到一个很好的机遇来建立我的功业，所以“清时有味是无能”，这句话里面有很多的感慨。怎么样？就“闲爱孤云静爱僧”。你看，同样的形象，不同的人就用它写出不同的情意来。陶渊明所写的孤云是一种孤独寂寞的象征，而杜牧却把孤云看作是